バッドエンド秒読みの悪役令嬢なので婚約破棄で逃げ切ろうとしたら、私を嫌いなはずの王太子が溺愛してきました！

麻生ミカリ

Illustration
逆月酒乱

gabriella books

バッドエンド秒読みの悪役令嬢なので婚約破棄で逃げ切ろうとしたら、私を嫌いなはずの王太子が溺愛してきました！

contents

第一章　婚約破棄ができません

ファディスティア王国には、一年で十八の祝日がある。

国に伝わる十八人の聖人の誕生日だ。

しかし祝日ではない今日が、アンジェラ・ディラインにとって一年でもっとも大切な日だった。

「ねえ、レナ。この髪飾りはおかしくないかしら。リボンが大きすぎて、子どもっぽく見えないか心配だわ」

馬車に同乗する侍女のレナに、アンジェラは尋ねる。

「とてもよくお似合いですよ。金糸の刺繍《ししゅう》がタイガ殿下を思わせる、高貴な意匠だと思います」

「そうだといいのだけど……」

今日は、王太子タイガ・ファディスティアの二十二回目の誕生日だ。彼の婚約者であるアンジェラは、誕生日の宴が開かれる王宮へと馬車に揺られている。

公爵令嬢のアンジェラは、幼いころからタイガの婚約者として育てられた。

ファディスティアの王族は、十歳になる前に婚約するのがならわしだ。タイガが八歳、アンジェラが五歳のときにふたりは正式に婚約した。

――あのころから、殿下はたいそう美しい少年だった。

馬車の中で目を閉じて、アンジェラは初めて会った日のタイガを思い出す。

金色の髪と瞳のミステリアスな相貌は、若い娘でなくとも誰もが見惚《みと》れてしまう。

秀でたひたいと、まっすぐな鼻梁《びりょう》。

左右対称の整った眉に、深い二重まぶたの美しい目が印象的で――。

「うわぁあッ！」

突如、なんの前触れもなく御者の大きな声が響く。

それと同時に馬車が何かにぶつかる音が聞こえて、アンジェラの体が左右に振られた。

「アンジェラさまっ！」

レナが自分を呼ぶ声が聞こえる。

何が起こったのかわからず、アンジェラは膝の上に置いたタイガへのプレゼントをぎゅっと抱きしめた。

カラカラカラ、と車輪が空転する音が聞こえる。

「……何、が……？」

次に目を開けたとき、馬車は横転していた。

外から「大変だ！　公爵さまの馬車が転倒したぞ！」と声が聞こえてくる。

どこかにぶつけたのか、頭が痛い。

王太子の誕生日に、婚約者の馬車が接触事故を起こす。その展開に、覚えがあった。

――これってなんだったかしら。わたし、知っているわ。そう、相手はグローブス家の馬車で……

「アンジェラさま、ご無事ですか？　アンジェラさま！」

侍女の声がすぐ近くで聞こえている。

一度は目を開いたものの、アンジェラは気づけば意識を失っていた。

そして、彼女は思い出す。

ここがかつてプレイしていた『紅《あか》き夜のエクリプス』という乙女ゲームの世界だったことに――。

† † †

この世界で生まれる前、いわゆる前世。

アンジェラ――当時は名前が異なったけれど、自分は多忙な仕事の合間を縫って、大好きなゲームにいそしむ人生を送っていた。

特に楽しみにしていた『紅き夜のエクリプス』が発売されてからは、平日も毎晩プレイに時間を割いた。

その結果、睡眠不足がたたって前世の自分は不運な事故で命を落とした。

心残りは『紅き夜のエクリプス』のファンディスク発売前に死んでしまったことである。

――わたし、大好きだったゲームの世界に生まれ変わったんだ。そんなこと、ほんとうにあるのね。

六人の攻略対象キャラクターは皆魅力的で、その中でもいちばん推していたのは王太子タイガ・ファディスティアだ。

ゲームの主人公であるエマは、庶民として育ったけれど実はある侯爵家の落胤《らくいん》だった。

物語は、エマが侯爵家の祖父母に引き取られるところから始まる。

そして、彼女の恋路を邪魔するのが悪役令嬢アンジェラ――つまり、自分なのだ。

上流階級に慣れないエマに、マナーを教える係のアンジェラは、王太子タイガの婚約者である。

タイガルートでは、後半までエマとタイガの恋はなかなか発展しない。

タイガの婚約者であるアンジェラが邪魔で、ふたりは互いの気持ちを告げることができないせいだ。

ターニングポイントは、タイガの誕生日。

王宮へ急ぐエマの乗った馬車に、アンジェラの馬車がぶつかってくる。

そして、ふたりの恋が動き出す――。

ちなみにこの事故をきっかけに、悪役令嬢アンジェラは転落の一途《いっと》をたどることになっている。

――え、じゃあ、王宮前の事故って悪役令嬢アンジェラにとっては、破滅目前じゃない⁉

つい先ほどの衝撃こそが、その事故にほかならないことはわかっていた。

主人公に生まれ変わりたかったなんてわがままは言わないけれど、大好きなゲーム世界に転生したと気づいたら、バッドエンド目前だなんてあんまりだ。

アンジェラとして生きた十九年。

たしかにタイガの婚約者ではあったけれど、彼との会話は両手で数えるほどしかなかった。

タイガはいつもアンジェラに素っ気なく、隣に並んで立っていても話しかけてくれることはない。

アンジェラもアンジェラで、彼の婚約者としてふさわしい立ち居振る舞いを心がけ、自分からフレンドリーに話しかけるようなタイプではなかった。

——せめてもっと早く前世のことを思い出していたら、婚約期間にタイガ殿下といっぱいお話できたのに！

「……ジェラさま、アンジェラさま……」

遠くから呼ばれる声に、アンジェラは黒い睫毛《まつげ》を震わせる。

重いまぶたを持ち上げれば、侍女のレナが泣きそうな顔でこちらを覗《のぞ》き込《こ》んでいた。

「ご無事ですか、アンジェラさま」

「……ええ、大丈夫よ。皆、怪我《けが》はない？」

「ああ、こんなときまで周囲の者をお気遣いくださるだなんて、アンジェラさまはなんてお優しいのでしょう」

前世を思い出したことで、今までは気づかなかったことにも目がいくようになる。

レナは、唯一の味方だ。

十年前からアンジェラに仕えてくれる彼女しか、悪役令嬢には信頼できる人物がいない。

アンジェラの両親は娘を政略結婚の道具としか見ていなかった。

タイガの婚約者に決まってからも、ことあるごとに「王太子の婚約者として恥ずかしい言動は慎《つつし》むように」と、そればかり言われてきた。

なんなら、両親との会話なんてほかに思い出せないほどである。

親の愛情は五歳下の弟に向けられ、アンジェラは孤独な日々を過ごしてきた。

前世と違って学校などもないため、当然学友もいない。

十七歳で社交界デビューしてからは、貴族令嬢たちとのつきあいこそあるけれど、それも友人関係とは異なっている。

完璧な令嬢となって誰もが認める王太子の婚約者になることだけを目的に生きてきた十九年間だった。

アンジェラは、明確な悪役ムーブこそしていないものの、周囲に対して友愛の情を示すことなく暮らしてきた。

自分にも他人にも厳しすぎたのである。

それが結果として、アンジェラをこの世界で悪役令嬢たらしめた。

「目が覚めたのでしたら、大広間へご移動ください。殿下がお待ちです」

事故の直後だというのに、王宮の侍従は冷酷に言い放つ。

「お待ちください。アンジェラさまは事故に遭って、頭を打ったんです。大広間へ移動だなんて――」

侍女のレナが侍従に食ってかかった。ありがたいことだけれど、彼女の立場は大丈夫だろうか。

「殿下がお待ちでいらっしゃるのだ。侍女ごときが口出しすることではない」

「っっ……」

悔しそうな侍女の背に、まあまあと慰めの言葉を言いたくなるけれど、それは『アンジェラ』のキャラクターではない。

――まあ、普通に考えたら頭を打ったんだから病院に行くべきじゃない？　ていうか、もうちょっと心配してくれてもいいとは思うんだけど……。

その考えが事故前までの自分《アンジェラ》と明らかに違っていることを、アンジェラは知っている。

アンジェラ・ディラインは、自分にも他人にも厳しいと同時に、他者から優しくされることを知らない女性だった。

誰もアンジェラに、愛情を教えてくれなかった。

悪役令嬢に優しくしてくれる人なんて基本的にいないのだ。

侍女の中でもレナだけは、昔からアンジェラに親身になってくれる。

けれど、彼女に対してもアンジェラは心を開いてはいなかった。

仕事に熱心な侍女である、と判断していたに過ぎない。

もちろん、愛情を持って接してくれる人が少なかったからといって、アンジェラが丁寧に扱われていなかったということにはならない。

ただ、表面的な丁寧さと、心からの優しさはまったく違う。

現に、事故の相手であるエマ・グローブス――『紅き夜のエクリプス』のヒロインである彼女のもとには、人だかりができているではないか。

「エマさま、大丈夫ですか？　ああ！　おかわいそうに」

「ディライン家の馬車がぶつかってきたんですよ。エマさまがタイガ殿下のお気に入りなのが、きっとアンジェラさまの気分を害したんでしょうね……」

あちらは、周囲の人間たちがエマを愛して、慈しんでいる。

――でもね、わたしがぶつけたわけじゃないの。偶然の事故なの！

心の中で反論をひとつ。

だが、表情にも声にも何も出さぬまま、アンジェラは毅然《きぜん》として立ち上がった。

ここで、情けなくよろめきながら人の手を借りて立つだなんて、プライドが許さない。悪役令嬢と呼ばれる存在にだって矜持《きょうじ》がある。

何しろアンジェラは、勉強だって刺繍だって楽器の練習だって、誰よりも努力してきた。

当然朝晩の肌や髪の手入れも完璧だ。

凛々《りり》しく美しい令嬢であろうと、常に自分を律して生きてきたのである。

ゲームをプレイしていたときは、悪役令嬢アンジェラの気持ちなんて想像もしなかったけれど、自分がそちら側に立ってみてわかることがあった。

悪役をやるのも簡単じゃない。

「見て、あのふてぶてしい表情。美人なのはわかるけれど、エマさまに謝罪のひとつもする気がないわよ」

見知らぬ誰かの声に、アンジェラは無言でエマの馬車へ近づいていく。

謝罪も何も、今の時点で事故の原因はわからない。少なくとも、アンジェラが御者に命じていないのは事実だが、それすら口にすべきではないのだ。

この段階で安易に謝罪をしては、責任の所在を曖昧にしてしまうだろう。

「あ、アンジェラさま！」

はちみつ色のやわらかな髪をした少女が、アンジェラを見上げてふわりと微笑《ほほえ》んだ。

彼女こそが、このゲームの——いや、この世界のヒロイン。

エマ・グローブスである。

「エマ、大丈夫？　怪我はない？」

「わたしは元気です。それだけが取り柄ですから。アンジェラさまこそ、お怪我はありませんか？」

「……ええ、平気よ」

ほんとうは左足首を擦りむいているけれど、その程度は我慢できる。

打ちつけた頭だって、現時点ではなんの外傷もない。

「顔色があまりよろしくないようですが、少しお休みになられては……」

「平気だと言っているでしょう？　王太子の婚約者であるわたしが、宴《うたげ》に参加せず休んでいるほうが問題だわ」

　やってしまった。

　口に出した言葉は、二度と取り返しがつかない。

　――なんで、せっかく前世を思い出したのに悪役令嬢ムーブしてるの、わたし！

　前世の自分の思考で噛《か》み砕《くだ》けば、アンジェラ・ディラインは決してイジワルな悪役令嬢でないことがわかる。

　高貴な生まれと、高いプライド。

　自身が努力しているからこそ、他者にもそれを求めてしまう。

　だが、それゆえにアンジェラは悪役令嬢なのだ。

　誰もが自分を律して生きていけるわけではない。

「心配しているエマさまに、なんてひどい言い方かしら」

「身分を鼻にかけているのよ。感じの悪い人」

　――違う、違うの。アンジェラはそんなに悪い子じゃないんだってば。

　自分で自分を擁護するわけにもいかず、無表情でエマを見つめる。

　それくらいしか、できることもないのだ。

「たしかにアンジェラさまのおっしゃるとおりですね！　殿下がお待ちですもの。パーティーに参りましょう」

エマは周囲の緊迫した空気をものともせず、幸せいっぱいのヒロインスマイルを向けてきた。

――あー、これは勝てるわけない。

タイガでなくとも、アンジェラよりエマを選ぶ。

なんなら、アンジェラ自身だってエマを選ぶに違いない。

「さあ、アンジェラさま。ご一緒いたしましょ！」

「……ええ、そうしましょう」

王宮の侍従たちに案内されて、アンジェラとエマはこの国の王太子が待つ大広間へ向かった。


乙女ゲームは、エンディングの種類が複数あるものが多い。

攻略対象と恋愛成就するハッピーエンドを筆頭に、ライバルキャラとの友情が芽生える友情エンドや、恋愛は成就せずとも目的を達成するベターエンドなど、その種類は多岐にわたる。

中にはバッドエンドと呼ばれる悲しい結末もあるのだが、それはあくまで主人公目線での判断基準である。

――悪役令嬢アンジェラは、エマがハッピーエンドを達成する瞬間にバッドエンドが確定する。しかも、アンジェラのバッドエンド＝死なんですけど！

前世でも若くして命を落としているのだから、せめて今度は長生きしたい。

推しであるタイガと結ばれたいだなんて無茶は言うまい。アンジェラは悪役令嬢なのだから、彼と結婚するのはエマでいい。

出会ってから十四年間、彼にふさわしい淑女になることだけを目指して生きてきたが、このまま突っ走ったら最後、待っているのは命の終わりなのだ。

――死にたくない。せめて、生きていたい！

だったら、アンジェラのすべきことは――。

「タイガ殿下、ますます神々しくなられましたわね。遠目に見ているだけで、気を失ってしまいそう！」

「わかりますわ。結婚されてしまうだなんて、信じたくありませんけれど」

令嬢たちの会話が耳に入り、アンジェラは視線を上げる。

大広間の中央に、金色の美しい髪が揺れていた。

長身の彼は、人混みの中にいてもすぐに見つけられる。

いや、背の高さだけが理由ではあるまい。

タイガには、周囲を圧倒する美しさがあった。

いわゆるカリスマと呼ばれるものを備えた男性だ。

二十二歳になる彼は、少年らしさを脱ぎ捨てて大人の男性の成熟を身に着けはじめている。

――ああ、タイガ殿下。今日もなんて魅力的なのかしら。

すらりと長い手足に、ぴたりと仕立てられたラインの美しいフロックコート。

女性だけではなく男性も、この大広間に集まる誰もが彼に目を奪われていた。

涼しげな目元と、甘やかな唇、黙って立っているだけで宗教画のような美しいその姿は、アンジェラの長生き願望さえも忘れさせてしまう。

実際、彼を目にした瞬間、生き残るためにどうすべきか考えていた脳が思考を放棄してしまった。

金色の、感情をあらわにしない彼の瞳がアンジェラをとらえた。

それとほぼ同時に、タイガは目をそらす。

婚約者相手にする所作ではない。

だが、十四年間ずっと彼はそうしてアンジェラに冷たいそぶりを見せてきた。

今にして思えば、彼はきっとアンジェラを愛していなかったのだろう。

それもそのはず、タイガはおそらくエマに恋しているのだ。

――前世を知らなかったころと違って、今のわたしはそれがわかる。殿下がほんとうは、わたしとの婚約破棄を望んでいることも……。

そう思ってから、アンジェラは気がついた。

ゲームでの婚約破棄よりも前に、タイガと自分が破談になれば、悪役令嬢アンジェラによるエマの恋路の邪魔は起こらない。

――そして、わたしも死ななくて済む！

この世には、命を賭けた恋というものが存在する。

もちろん、アンジェラだってほんとうにタイガのことを好きだった。ずっとずっと、彼の隣に並ぶために努力をしてきた。

それでも、死んでしまえばおしまいなのだ。

――まずは生き延びることを目標にしよう。

「アンジェラさま、ご機嫌うるわしゅう」

「ご無沙汰しております、デュレイ侯爵夫人」

声をかけてきた顔見知りと挨拶をかわしていると、擦りむいた左足首がじくじく痛んできた。

歩けないほどではないものの、今日はできればダンスは遠慮したい。

もとよりタイガの婚約者であるアンジェラにダンスを申し込んでくる人間は少ないので、気にする必要はないと思う。

「ねえ、アンジェラさま。グローブス家の彼女、少しタイガ殿下に親しすぎるのではありませんか？」

近づいてきた女性のひとりが、エマを視線で示してくる。

目を向けると、タイガとエマが楽しげに話している姿が目に映った。

あんなふうに彼が自分に笑いかけてくれた記憶はない。

いつだって他人行儀に距離を置いて、婚約者として最低限の礼儀をはらってくれるだけ。

――わたしは、あなたに好かれていない。

胸がずきりと痛んだが、長年培《つちか》ってきた無表情は簡単に崩れなかった。

「殿下はいずれ、この国を治める方ですわ。多くの民と接するのは当然のこと。エマは特に、市井にもお詳しくいらっしゃるのですから、殿下がご興味をお持ちになってもおかしくありません」

本音を言えば「ふたりはお似合いで、邪魔者はわたしのほう」なのだけれど、立場上そんな言い方をするわけにもいかない。

アンジェラの言葉に、取り巻いていた女性たちが「そうよねえ」と同意の言葉を漏らした。

「市井に詳しいだなんて、好意的な受け止め方ですわ。アンジェラさまは理性的でいらっしゃるから」

「でも、彼女ってほら」

「ええ。庶民の出で、ろくな教育も受けていないいんでしょう？　グローブス家も、孫だからってよくあの子を引き取ったものですわね」

――待って！　そんな意味で言ったんじゃないのに！

これでは、陰口を叩《たた》く悪役そのものではないか。

アンジェラたちの視線に気づいたのか、エマがこちらを見て困ったように微笑む。

また、やってしまった。

望まぬ悪役令嬢ムーブに、アンジェラは頭を抱えたくなる。

とはいえ、公爵令嬢にして王太子の婚約者がこんなところでおかしな行動をとるわけにはいかない。

婚約破棄を望んでいるけれど、婚約者としてふさわしくないという理由で破談になっては、この先の人生に不安が残る。

トトト、と小走りにエマがこちらに近づいてきて、彼女を見下している者たちが一歩下がった。

——今度こそ、うまくやらなくては。

心の中で気合いを入れたアンジェラに、エマが会釈《えしゃく》をひとつ。

「アンジェラさま、先ほどはほんとうに申し訳ありませんでした」

「先ほどって、なんのことかしら。エマに謝ってもらうようなことは、何もなくってよ」

事故の理由ははっきりしていないのだし、ゲームではアンジェラの家の馬車がぶつけた側のはずである。

「でも、せっかく殿下のお誕生日パーティーだというのに、アンジェラさまにご迷惑をおかけしてしまったんですもの」

「エマ、わたしに気を遣う必要はないわ。あなたはあなたの自由にしていればいいの」

「え……」

アンジェラより頭半分小柄なエマが、驚いた様子で目を瞠《みは》る。

——え？　何か間違えた？

今のは、エマがタイガを好きでいていいと暗に伝えたつもりだった。

けれど、周囲が微妙にざわついている。

——何か、何か弁明しないと……。

「殿下と親しくされるのはあなたの自由ですもの。わたしは、誰かを束縛したりしないの。おわかりいただける？」

「ええ、もちろんです。アンジェラさまは、心が広くいらっしゃいますから……」

儚《はかな》げに微笑むエマに、周囲の同情が集まっていくのが目に見える気がした。

完全に、間違えている。

アンジェラとして生きてきた時間の分、令嬢としての話し方が根づいてしまっているのだ。

――もっと気楽に話せたら誤解をとける！　でも、アンジェラが突然くだけた口調で話すわけにもいかない……！

歯がゆい気持ちでいると、背後から「いつもの嫌みよね、あれ」という声が聞こえた。

言われてみれば、嫌みと取られても仕方がない。

ふたりを取り囲む女性たちは、アンジェラ派とエマ派に二分された状態だ。

彼女たちは彼女たちで、タイガが選ぶ女性が誰なのか、重要な問題になってくる。

王太子妃、ひいては王妃となる女性といかに親しい関係を築くか。

政治の世界は、男女それぞれ厄介なのだ。

――わたしは、この勝負から下ります！　さっさと婚約破棄して、隠居生活をするから！

心の声は誰に届くこともなく、祝宴はきらびやかな夜に続いていく。

† † †

乙女ゲーム『紅き夜のエクリプス』のタイガルートを思い出す。

前世の記憶というものは、思ったよりも曖昧だ。それでも、考えずにはいられない。

ゲーム内のアンジェラは、どのルートにおいても純然たる悪役令嬢だった。

今の自分をかえりみても、それは間違いないだろう。

アンジェラ自身には、そういうつもりはなかった。

だが、立場によって見えるものは異なる。

主人公エマの視点でプレイするゲームにおいて、アンジェラは悪役令嬢にほかならない。

特にタイガルートにおけるアンジェラは、見事な恋の障壁となったはずだ。

そもそもタイガには、エマが出会ったときから婚約者がいる。

だから、エマがどんなにタイガを追いかけても、彼はなかなか心を開いてくれない。

少しずつ距離が近づき、談笑できるようになるころ――それが、ちょうど今日、タイガの二十二回目の誕生日だった。

誕生日パーティーの会場である王宮へ行くときに、アンジェラに馬車をぶつけられたエマを見て、タイガの心が大きく動く。

ほんとうに好きな相手と人生をともにしたい。

彼はそう考えて、アンジェラとの婚約を破棄しようとする。

けれど、そこは悪役令嬢アンジェラも簡単には受け入れない。

なんなら、エマへの嫌がらせを繰り返し、彼女の命すら奪おうとする。

ついに悪事がタイガにバレたアンジェラは、婚約破棄からの処刑という破滅エンドを迎えるのだ。

――できるだけ早く、婚約破棄しよう。そうしよう。

決意も新たに、パーティーは終わりを迎えた。

さっさと帰り支度を済ませ、帰宅してから今後の方針を再検討しようと思っていたところに、背後で足音が聞こえてくる。

「アンジェラ」

名前を呼ばれて振り返れば、そこに立っているのは陶器のような美しい肌の王太子――タイガだった。

「殿下……。本日は、お誕生日まことにおめでとうございます。このようなすばらしい宴にご招待いただきましたこと、心より御礼申し――」

「悪いが、このあと少し話がある。私の部屋まで来てくれないか」

――え、いきなり？　こんな展開だったっけ……。

詳細は覚えていないものの、タイガの心がエマに動いたのは間違いない。

だとしたら、ここから発生するのは婚約を破談にする話だろう。

「かしこまりました。すぐにお伺いしたほうがよいでしょうか？」

「ああ、案内する」

侍従か侍女が連れていってくれるものと思っていたが、タイガは自らアンジェラを自室までエスコートしてくれるらしい。

最後の優しさといったところか。

彼の誠実さが伝わる行動に、思わず胸がじんと温かくなった。

「レナ、わたしは殿下とお話をしてきます」

「はい。御者に伝えておきます」

「よろしくね」

婚約者歴十四年。

けれど、彼の私室に入ったことはない。

――それだけ、タイガ殿下はわたしに心を許していなかったということね。

今さら嘆くつもりはないが、最後にタイガの部屋に足を踏み入れる機会をもらえたのは嬉《うれ》しくもある。

彼に連れられて王宮を進んでいくと、ひときわ精緻な刻印のある扉が開かれた。

室内には、年代物の調度品が並んでいる。

ただ古いというのではなく、どれもこれも丁寧に手入れがされており、王家に伝わる名品なのだとすぐにわかった。

「お邪魔いたします」

室内に入ると、アンジェラはみっともなくキョロキョロしないよう、まっすぐにタイガを見つめる。

――ほんとうに、きれいな顔。そして、わたしには一度も微笑んでくれなかった人。

「長椅子にかけてくれ。今日は疲れただろう」

「……はい。あの、ありがとうございます」

何やら、予想したのと異なっている。

アンジェラは、婚約破棄の話だと思っていた。

――いえ、いきなり切り出すような無粋な真似《まね》はされないのね。わたしを労《ねぎら》って、世間話のひとつもして、それから……。

言われるまま、長椅子に腰を下ろしたアンジェラの正面にタイガが座る。

金色の髪がさらりと揺れた。

重厚なウォルナットのテーブルに置かれたベルを、彼の長い指がすいとつかみ上げる。

リンリンと澄んだ音が響くと、ワゴンを押した侍女が現れた。

「アンジェラ、きみの好きな栗《くり》の焼き菓子を準備した。よければ、食べてみてほしい」

「は……はい。いただきます」

なぜ、自分の好物を知っているのか。

アンジェラは子どものころから栗が大好きで、ケーキやパイ、焼き菓子に栗が入っているのを何よ

り愛していた。

婚約してから十四年。

直接伝えたことはないけれど、どこかから聞いて知っていたのかもしれない。

――でも、殿下が覚えていてくださったのが嬉しい。

注がれた紅茶の香りと、銀盆に盛り付けられたたっぷりの栗の焼き菓子を前に、このあとの話題も忘れてアンジェラはフォークを手に取る。

「！　とってもおいしいです、殿下」

「そうか。それはよかった」

いつものアンジェラらしい態度も忘れて、焼き菓子をふたつも食べてしまった。

ドレスを美しく着こなすためにも、明日は節制しないと――と、考えてから、アンジェラは自嘲の笑みを唇に乗せる。

もう、今後はそんな努力をする必要はない。

王太子の婚約者としてふさわしくあるための、日々の努力はすべて無駄になるのだから。

「アンジェラ、どうした？」

「いえ、なんでもありません。殿下こそ、何かお話があったのではございませんか？」

優しくされるのには、慣れていない。

それくらいなら、いっそはっきりと破談を告げられるほうが楽だ。

――どちらにしても、それしかわたしが生き延びる道はないんだもの。

「話は、この焼き菓子の件だ」

覚悟を決めたアンジェラに、タイガは涼しげな声で答える。

もともと、彼は感情の起伏があまりわからない話し方をする人物だった。

そういうタイガを見習って、アンジェラも常に一定の感情を保つ練習をしてきたのである。

だが、焼き菓子を食べさせるためだけに呼びつけたとも考えにくい。

「焼き菓子以外に、ほんとうは何か、わたしにおっしゃりたいことがあるのではと思ったのです」

「特にない」

自分から部屋に呼んでおいて、婚約者はすいと視線をそらした。

――えー、違うでしょ、殿下。エマに告白するためにも、まずはわたしとの婚約をどうにかしないと！

だが、タイガとしても十四年間婚約者として扱ってきたアンジェラに対して、多少は情がわいているのかもしれない。

ならば、ここはアンジェラのほうから切り出したほうがいいのか。

「……でしたら、わたしのほうからひとつご提案をさせていただいてもよろしいでしょうか？」

「聞こう」

「僭越《せんえつ》ながら、今後の互いの人生を有意義に過ごすため、わたしとの婚約はどうぞ破談にしていただければと考えております」

あなたはエマが好きなんでしょう、とは言わなかった。

そんな言い方をすれば、彼の気分を害するかもしれない。そして、何がアンジェラの処刑につながるかわからない。

——殿下は、どんな表情でわたしの言葉を聞いているんだろう。

沈黙に耐えかねて、アンジェラはそっと目線を上げる。

すると、いつもと変わらない無表情のタイガがそこにいた。

彼はじっとこちらを見つめている。その金色の瞳に自分が映っている。

「あの、殿下」

「続きがあるなら、それを聞いてから返事をする」

こちらとしては、必要最低限の提案は終わっていた。

彼もまたこの縁談に思うところがあるなら、同意してくれるものと考えていたけれど、即答を選ばないのは思慮深いタイガらしいとも言える。

「理由といたしましては——」

長い長い婚約期間を思い出しながら、アンジェラは言葉を選んだ。

「殿下がわたしと婚約されたのは、まだたった八歳のときです。当時の殿下には、選択肢がありませんでした。王家のしきたりとは申しましても、成長されてからほかの女性との結婚を望まれる前例はいくらでもおありかと思います。もし、わたし以外の方を想《おも》っていらっしゃるならば、わたしは殿下のお気持ちを尊重してもらいたいと考えている次第です」

「ほかの女性というのは、具体的に誰のことだ」

「……エマ・グローブスです」

彼女の名前を口にした瞬間、タイガの唇がほのかに笑みの形になる。

ああ、とアンジェラは胸の中で嘆息を漏らした。

——やはり、殿下はエマを想っているのね。わかっていたことだけど、直視するのはつらいわ。

「エマも殿下のことを——」

「アンジェラ」

名を呼ぶと同時に、彼は長椅子から立ち上がる。

「今まででいちばん、今日のきみが美しい」

「なっ……何をおっしゃっているんですか……⁉」

唐突すぎるタイガの言葉に、一瞬言われている意味がわからなくなった。

彼から称賛されるのは、おそらく人生で初めてのことだ。

「エマと俺の関係に、嫉妬してくれているのだろう？」

長い脚で軽々とローテーブルを跨《また》いで、タイガがアンジェラの目の前に顔を寄せてくる。

その行動は王太子としてどうなのか。

しかも、彼は跨いだテーブルの上に平然と腰を下ろしたではないか。

「嫉妬……ではありません。そうでなくて、殿下はエマを想っていらっしゃるのではないかと……」

だから、自分はのちに処刑される。

悪役令嬢のバッドエンドを回避するには、まず婚約を解消しなければいけないのだ。

「目をそらさないで」

手入れの行き届いた長く美しい指が、アンジェラの頬《ほお》に触れる。

それだけで、体がぴくりとも動かなくなってしまった。

「……っ、わたしは本気です。殿下との婚約を解消したいと……」

「そうか」

男性にしては長い睫毛を伏せたタイガが、フロックコートのポケットに右手を入れる。

わかってくれた――のかもしれない。

次の行動が予想できず、アンジェラは彼を凝視した。

すると、タイガはポケットから透明なガラスの小瓶を取り出したではないか。

――ん？　どういうこと？

当惑するアンジェラの前で、彼は蓋をはずすと一気に中の液体を呷《あお》った。

「あの、殿下、それはいったい……」

なんですか、と問いかける言葉が、突然のキスで封じられる。

――ちょっと、待って？　えっ、この流れで、どうしてキスにつながるの⁉

重なった彼の唇は、しっとりと柔らかく温かい。

その温度に、心臓が早鐘を打つ。

当然ながら、生まれて初めてのキスだった。情けないことを言うと、前世まで含めてのファーストキスである。

婚約してから今日まで、タイガとのくちづけを想像したことがないとは言わないけれど、いくらなんでもこのタイミングはおかしい。

「んっ……殿下、待っ……」

逃げようとしたところを、ぐいと引き寄せられて。

薄く開いた口の間に冷たい液体が流し込まれる。

「……っ……!?」

先ほどの小瓶の中身だと気づいたときには、アンジェラは反射的にそれを飲み込んでいた。

少なくとも、タイガが口に含んでいたものなのだから、命にかかわる薬品ではないだろう。

さすがに、心中をはかるとは考えにくい。

――じゃあ、これは何？　わたしは、何を飲まされたの？

息苦しさに彼の胸元を両手で押し返す。

手のひらに、衣服越しのタイガの鼓動が感じられた。

「ぷはっ……、はあ、はあ……っ」

キス初心者のアンジェラは、唇が重なっている間、ずっと呼吸を止めていたことに気づく。

人間には鼻の穴というものもあるのだが、突発的な事態に鼻呼吸ができることをすっかり失念していた。

「アンジェラ、俺はこれまできみのためだと思って距離を置いてきた」

「………」

わずか十センチほどしか、ふたりの唇は離れていない。

その距離でタイガが話すものだから、金色の目に見惚れながら、二度目のキスを警戒する状況だ。

何を言われているかなんて、とうに頭に入ってきていなかった。

「けれど、もう遠慮はしない。婚約を解消する気はないから、きみは俺の妃になるんだ」

彼が目を細めて口角を上げる。

それが笑顔だということに、アンジェラはすぐに気づけなかった。

何しろ、キスをされるのも笑顔を向けられるのも、初めてのことだったのだから。

——殿下、どうして急にそんなことを……？

そして、ゆっくりと意識が現実から遠ざかっていく。

さっき飲んだ液体のせいだと気づいたときには、もう遅い。

アンジェラは、タイガの腕の中に倒れ込んでいた。

† † †

覚えているのは、五歳の春。

胡桃《くるみ》色の髪を持つ弟が生まれたばかりの時期だった。

公爵令嬢として厳しいしつけを受けてきたアンジェラは、ある日着飾って王宮へ連れていかれた。

初めて見る王宮は、幼いアンジェラの目にあまりに大きく恐ろしく見えた。

けれど、どんなときでも萎縮せず、淑女として振る舞うことを第一に教わっている。

アンジェラは奥歯をぎゅっと噛《か》み締《し》めて、見知らぬ場所に怯《おび》える自分を押し殺した。

赤い絨毯《じゅうたん》の敷かれた部屋で、父と並んで椅子に座る。

そこに、侍従たちに案内されてひとりの少年がやってきた。

歳のころは、アンジェラより三、四歳上だろうか。

月光を編み上げたような見事な金髪に、髪と同じ不思議な目の色をした彼は、その部屋にいるどの大人よりも落ち着いていた。

父はすぐさま立ち上がり、アンジェラを椅子から抱き下ろす。

「お初にお目にかかります、タイガ殿下。こちらが我が娘のアンジェラでございます」

その言葉で、今、自分の前に立つ少年こそがファディスティア王国の王太子だと気づいた。

——おうたいしさまに、ちゃんとあいさつしなくっちゃ。

「アンジェラ、ご挨拶しなさい」

「はい」

ドレスのスカートをつまみ上げ、アンジェラは軽く頭を下げる。

「はじめまして、おうたいしさま。わたしはアンジェラ・ディラインともうします。よろしくおねがいします」

じょうずにできた、と思った次の瞬間。

アンジェラは、顔を上げようとしてバランスを崩し、その場に尻もちをついてしまった。

何が起こったかわからず、おそるおそる父の顔を見上げる。

「お、おとうさま……」

助けてほしかった。

失敗を許してほしかった。

けれど、父は片眉を歪《ゆが》めて苛立《いらだ》ちの眼差《まなざ》しをこちらに向けていたのだ。

父親が助け起こしてくれないことを察して、アンジェラはひとりで立ち上がろうとする。

なのに、手足にうまく力が入らない。

緊張するということを、このとき初めて知った。

「大丈夫か?」

まだ声変わりにもほど遠い少年の声が、アンジェラに助け舟を出してくれる。

はっと気づいたときには、すぐ目の前にタイガが立っていて、右手を差し出していた。

「あ、ありがとう、ございます……」

彼の手を借り、やっとのことで立ち上がったときには、もしここが自宅だったら泣き出してしまいそうなほど感情が混乱していた。

「殿下、お手をわずらわせてしまい申し訳ありません。斯様《かよう》に少々迂闊《うかつ》なところのある娘ではございますが、これからは殿下の婚約者としてお側《そば》に置いていただければと存じます」

父の言葉は難しすぎて、アンジェラにはさっぱり意味がわからなかった。

五歳の少女にわかるように話すつもりなど、そもそもなかったのだろう。

「わかった。アンジェラ、ぼくの名前はタイガだ。これからは、ころんだときには手を貸そう。婚約者なのだから、困ったときには言うように」

「はい！」

先ほどから耳に入ってくるコンヤクシャが何を示すのか不明だったが、美しい少年に優しくしてもらってほっとしていた。

悪いことは起こらない。

彼はきっと、自分にイジワルをしない。

無意識にそう思ったのだろう。

年齢的、家柄、容姿、諸々《もろもろ》の理由により、アンジェラは生まれたときから王太子の婚約者候補だったのだが、そんなことは誰からも知らされないままだった。

ふたりの顔合わせが行われた翌月、タイガとアンジェラは正式な婚約者となる。

しかし、アンジェラの婚約者生活は、なかなかに苦労の多いものだった。

初めて王宮へ行ったときの件でもわかるように、幼いころのアンジェラは臆病で怖がりな女の子だったのだ。

そのため、緊張するとすぐに失敗をしてしまう。

「また失敗したわね！　これだから、黒髪の娘は不吉だというのよ。ほんとうに、どうしてわたしたちの間に黒髪の子どもが生まれてきたのかしら」

ディライン家には、昔から黒い髪の娘が不吉だという言い伝えがあった。

そのため、代々迎え入れる花嫁は決して黒髪ではない。

両親も黒い髪ではなかったのだが、隔世遺伝か先祖返りか、アンジェラだけは見事な黒髪で生まれてきたのである。

「黒髪が不吉だなんて迷信だと思っていたが、この娘を見ていると言い伝えはほんとうだと思い知らされる。次に殿下にお会いするまでには、礼儀をしっかり学んでおけ」

「ごめんなさい、おとうさま、おかあさま……」

両親は失態をひどく責め、アンジェラはますます怯えるようになった。悪循環だ。

子どもは髪色を選んで生まれてくることなどできない。

それは、両親を選ぶことができないのと同じだ。

叱られつづけて育った子どもは、ちゃんとしなければと思えば思うほどに萎縮する。

特にタイガと会うときに限って、テーブルクロスを汚したり、自分のスカートを踏んで転倒したり、紅茶のカップを割ったりすることが多かった。

次第に、タイガはアンジェラと会ってもあまり近づいてこないようになって、初対面のときのように親しげに話してくれることもなくなっていった。

誰が悪いわけではない。自分が悪い。

だからこそ、努力した。

勉強も行儀見習いも楽器の演奏も、精一杯励んだ。

けれど、どんなにがんばっても両親はアンジェラではなく何もできない赤ん坊の弟を溺愛した。

次期公爵となる弟が厚遇されるのは当然だったが、幼心に寂しさがあったのも事実だ。

それを口に出すこともできずに落ち込んでいたある日、アンジェラは一匹の子猫に出会った。

その猫は、夕暮れの庭木に隠れてそっとこちらを見つめていたのである。

「ねこ……?」

おそるおそる手を伸ばすと、体のわりに大きな前足で近づいてきて、子猫は手のひらに顔をすり寄せてきた。

――なんて愛らしいのかしら!

トラ模様の子猫は、それから何度も屋敷に姿を見せ、アンジェラは両親にバレないようこっそりと自室に連れ帰ったこともある。

子猫の体温に触れていると、寂しさも悲しさも孤独も、すべてが薄れていく。

アンジェラは子猫にマロンという名前をつけた。

いちばん好きな食べ物だ。アンジェラにとっては、特別な名前だった。

「ねえ、マロン。わたしね、マロンといるときがいちばん安心するの」

マロンは少し不思議な猫で、鳴き声をあげることがなかった。

それでいて、アンジェラが話しかけると澄んだ瞳でじっとこちらを凝視し、人の言葉がわかるような顔をする。

ひとりでいるときを狙いすましたようにやってくるマロンは、アンジェラの唯一無二の親友となった。

弱音も愚痴も、マロンになら話せる。

誰かにこうして自分の気持ちを話す機会がなかったアンジェラにとって、マロンと過ごす時間が何よりの幸せだ。

マロンという友を得たことで、緊張しやすい性質はだいぶ改善された。

だんだん失敗することがなくなったものの、そのころにはすでにタイガとの距離は大きく開いたあとだった。

タイガだけではない。

あまりに生真面目なアンジェラに辟易《へきえき》して、顔なじみの令嬢たちも少し距離を置く者が増えていたのである。

図書館で、同年代の貴族令嬢たちが集まって勉強会を開催していたときのこと。

最初はこそこそと話していた少女たちが、大きな笑い声をあげるのを聞いて心配になった。

「あなたたち、せっかく勉強会をしているのにおしゃべりばかりしていては、時間の無駄ではなくて?」

またあるときは、タイガの婚約者であるアンジェラにおべっかばかり言ってくる者に対し、自分では取り次ぐこともできないと伝えようとした。

「殿下とお近づきになりたいのでしたら、わたしではなく殿下に直接話しかけてはいかがでしょう?」

アンジェラとしては、別に悪意などなかった。

ただ、相手の時間や労力が無駄になるのはもったいないと感じただけだ。

おしゃべりをしたいなら、勉強会ではなくお茶会を開いたほうが有意義だろうし、タイガからろくに見向きもされない婚約者に媚《こび》を売ったところで得られるものは何もない。

それを丁寧に伝えようとした結果、周りの人間は離れていく者とアンジェラを崇拝する者にはっきりと分かれた。

毅然とし、常に矜持を高く持ち、淑女らしく高貴であれ。

そうしていれば、きっとタイガにもいつか愛される王太子妃になれる。

アンジェラは、そう信じていた。

だが、成長するにしたがって男女の間の情愛は、優秀さでは決まらないこともわかるようになってくる。

清く正しく美しく生きていたから、必ずしも幸福になれるわけではない。

愛情とは、究極の依怙贔屓《えこひいき》なのだ。

好きになるのに理由がないだなんて、だったら何をどう努力すればいいのだろう。

一方、そんなアンジェラを崇拝する令嬢たちもいる。

いわゆるアンジェラ派と呼ばれる彼女たちは、エマに対して積極的な嫌がらせをしているようだ。

やめるよう何度も伝えたけれど、そのたびに「アンジェラさまは何もなさらなくていいのです」とか「わたしたちが勝手にやっていることですから」と、どうにも意思疎通ができない。

迷った挙げ句、結局今までどおり完璧な淑女を目指す以外、アンジェラには方法がないと悟った。

自分が清廉潔白であれば、いつかわかってくれる人も現れる。

とはいえ、こんな人生を送っているから、親しい友人と呼べる相手はいなかった。

周囲の懸念をよそに、エマが自分を慕ってくれているのは、友人と呼んでいいものかわからない。

それでも、マロンがいてくれる。

十年前から仕えてくれる侍女のレナだって、何も言わなくてもアンジェラをわかってくれる。

——たくさんは望まないわ。大切なものは、両手で守れるくらいでちょうどいい。

誤解されても、気に病むことなく自分の人生を前向きに生きてこられたのは、マロンとレナのおかげだった。

そして、たとえどんなにすげなくされても婚約者であるタイガへの愛情が、アンジェラがまっすぐに立たせてくれていたのだ。

あの日。

初めて王宮に行ったアンジェラに、手を差し伸べてくれたタイガに恋をした。

彼の隣を並んで生きていくことが、ただひとつの人生の目標だった――。

† † †

「んん……」

頭のどこかに鈍い痛みがある。

けれど、頭の中に手は届かないから、アンジェラはやわらかな黒髪の上から手を添えた。

――そうだわ。今日、エマの馬車とぶつかったときに頭を打ったんだった。

その衝撃で、前世も思い出した。

バッドエンド目前ではあるけれど、まだ死亡ルートを回避できるかもしれない。

「そう、なんとしても婚約破棄をして……」

自分の声に、目を開ける。

そして、見知らぬ天蓋布《てんがいふ》がたゆんでいるのを見た。

馴染《なじ》んだ自分の寝台ではない。では、ここはどこなのだろう。

届かないのは知った上で、手を伸ばそうとしたアンジェラは、手首にあるべきドレスの袖口が見当たらないことにハッとした。

袖だけではない。

胸元に目をやると、タイガの誕生日を祝う宴のために新調したはずのドレスも、ネックレスも、コルセットも、何もなくなっている。

かろうじて白いレースのついた下着はまとっているものの、前世でも現世でも若い女性が人前に出られる格好ではない。

——何？　どういうこと？

がばっと起き上がってから、意識を失う直前のことを思い出した。

「殿下にキス……されて、口移しで何かを飲まされて……」

そこで記憶は途切れている。

つまり、この状況はタイガの手によるものということだ。

——えー、待って待って。わたしは婚約の解消を申し出たのよね。それで、どうしてドレスを脱がされてベッドに寝かされてるの⁉

既成事実という単語が脳裏によぎったけれど、さすがに何かされていたら体に痕跡や感覚が残っていると思いたい。

キスだって初めてだったのだから、それ以上のことをした場合に気づかないとは考えにくい――いや、考えたくなかった。

それではあまりに鈍感すぎる。

そもそも、記憶にないまま初体験を終えてしまっただなんて、避けたい事態だ。

――じゃあ、どうしてわたしはこんなあられもない格好なのかしら。

答えの出ない疑問に懊悩《おうのう》していると、部屋の外の物音が耳に響く。

遠くからコツコツと硬質な足音が聞こえてきて、アンジェラは上掛けを肩口まで引っ張り上げた。

もし、タイガがやってきたら。

――どんな顔をしていいかわからない！

ということで、安易に目を閉じて寝ているふりをする。

少なくとも、彼の飲ませた薬で意識を失っていたのだから、もうしばらく時間稼ぎはできるだろう。

ドアが開く音がして、足音がベッドに近づいてくる。

そして、数秒の沈黙。

「アンジェラ？　まだ眠ってるのか？」

――はい、眠っていることにしてください。

「では、目覚めのキスが必要か……」

「たった今、目が覚めましたわ！」

上掛けが落ちないよう、両手で押さえたまま起き上がる。

完全に狸《たぬき》寝入りがバレた状況だとは思うが、タイガは幸せそうに微笑んでいた。

「おはよう、かわいい婚約者どの」

「……おはよう、ございます……？」

意識を失う前のキスが夢で、実は事故のあとずっと眠っていた——なんてことはなさそうだ。

ただし、目の前の現実はあまりに現実離れしすぎている。

なにしろ、今までずっとアンジェラに冷たかったタイガが微笑を浮かべているのである。

十四年間見てきたタイガ・ファディスティアとは別人にしか見えなかった。

いや、顔立ちはまったく彼のままなのに見たことのない笑みで、アンジェラを見つめてくる。

——何が起こったの？　こんなキャラ変、ゲーム内では見たことないんだけど。

しかし、とアンジェラは考え直す。

ゲームにおけるタイガは、温厚で優しく、愛情深い男性だった。

そう、主人公のエマに対して、彼はいつだって優しかったではないか。

これではまるで、愛する女性を慈《いつく》しむ表情に見えてしまう。

——そんなわけないのに。

馬車の事故で頭を打ったせいで、自分がおかしくなってしまったのだろうか。

はたまた、頭を打ったのはアンジェラではなくタイガのほうだったのか——。

「今日のパーティーで、きみは気づかれないようにしていたようだけど、左足首を怪我しているね。応急処置の用意をしてきた」

「……ありがとうございます」

たしかに左足首を擦りむいている。もしかしたら、捻挫くらいしている可能性もある。

手当てをしてもらえるのは、遠慮なくありがたい。

そう思ってから、アンジェラは自分の胸に手を当てた。

前世の自分も、現世の自分も、同じ『自分』だ。少なくとも、その連続性に疑問はない。

しかし、前世の記憶を思い出す以前のアンジェラは、今と同じように考えるタイプだっただろうか。

——殿下が変わったと思うのは、もしかしたらわたしの感性や考え方が変わったせいなのかも。

その可能性はじゅうぶんにあり得る。

「失礼。足元をめくる」

「は、はいっ」

上掛けの裾がふわりと持ち上げられ、足首が空気に触れた。

——ところで、どうしてわたしはドレスもコルセットも脱がされているんだっけ。

「あの、殿下」

「なんだ?」

「わたしのドレスはどうしたのでしょうか」

「俺がそばにいない間に目を覚まして逃げられては困るから、脱がせておいた」

ああ、そうでしたか——とはならない。

あまりの発言に、アンジェラはこれ以上ないほど目を瞠った。

こんな言葉を、ほかにどの場面で使うことがあるだろう。

「思った以上に足首が腫れている。応急処置はできるけれど、明日にでも医官に診てもらったほうがいい」

「いいえ、そこまでお手数をかけずとも帰宅すれば——」

「きみはもう帰れないよ」

——ん?

意味がわからず、アンジェラは首を傾《かし》げる。

タイガは微笑んだまま、擦り傷を丁寧に洗って包帯を巻いていた。

「あ、もしやうちの馬車に何か不具合があったのでしょうか。今日の事故のあと、まだ確認をしていませんでしたので」

「馬車は、ディライン家に帰しておいた」

「では、なぜ帰れないのですか?」

「俺が帰さないと決めた」

王太子の決定ならば、たいていのことが覆らない。

少なくとも、アンジェラが自宅に帰るかどうか程度の問題なら、彼の一存で決められる。

だからといって、勝手に決められては婚約破棄を申し出ているアンジェラの立つ瀬がない。

——この場合、なんて言って説明したら殿下はわかってくれるのか……。

無言で考えていると、包帯を巻き終えたタイガが立ち上がった。

「これでいい。腫れているから、無理に立ち上がらないように。何かあれば、俺に申しつけてくれ」

「そんな、滅相もないです。ありがとうございます、殿下」

一国の王太子に手当てをしてもらうだなんて、普通はありえないことだ。

上掛けを元通りに戻してもらってから、ふと気になっていたことを尋ねてみる。

「ところで殿下、ここは王宮の客間……でしょうか？」

意識を失ったのは、彼の私室だった。

その後、タイガに抱きかかえられて王宮内を移動したという場合、見ていた侍従や侍女がふたりのことをどう考えただろうか。

想像するだけで頭が痛い。

それでなくとも、これからタイガと縁を切ろうとしているのに——。

「いや、俺の寝室だ」

「！　な、ななっ、なんで……ッ」

もっともありえない回答に、このままもう一度何もかも忘れて眠ってしまいたい気持ちになる。

たしかに、居室の隣にある寝室ならばほかの誰にも見られることなく移動させるのは容易だ。

さらに王太子の寝室であるからには、タイガが出入りを禁ずれば人が立ち入ることもない。

――だからって、殿下の寝室でドレスを脱がされて、寝台を占領しているだなんて……。

「婚約者なのだから、別におかしなことでもあるまい」

「……………そう、でしょうか」

これまで十四年、ずっと婚約者だったのに、タイガの私室に入ったことなんて一度もなかった。

婚約の解消を提案したとたん、なぜふたりの距離が近づいたのかなんて、考えたところで答えが出るとも思えない。

「まだ状況をわかってもらえないようだな。一応説明する」

「はい、お願いします」

寝台の横に置かれた椅子を引き、タイガが静かに腰を下ろした。

――ああ、こういうところが好き。

彼は所作が美しい。優雅だと言ってもいい。

だが、アンジェラが好ましく思うのは、扉を音を立てて開け閉めしたりしないところだ。椅子に乱暴に座らない彼だ。

「きみの提案してきた婚約の解消は、俺にとって決して許せることではなかった」

「……はい」

もしかしたら、タイガは婚約という誓約に縛られているのだろうか。

ゲーム内でも二股をかけるようなことは一切せず、アンジェラとの婚約を破棄してからエマに気持ちを伝えていた。

誠実な彼だからこそ、婚約という約定を重んじている。

そして、自身の気持ちにも蓋をしているのかもしれない。

――だから、気づいていないだけであなたはエマが好きなんですよ！

「だから、アンジェラが俺の婚約者だと自覚してくれるまで、ここで暮らしてもらう」

「り……っ、理不尽です！」

王太子相手に言う言葉ではなかったが、こらえきれず口から文句が飛び出した。

彼が今、婚約に縛られていたとしても、真実の気持ちに気づいたときには遅いのだ。

アンジェラは処刑されるエンディングから逃れられなくなってしまう。

それに。

――そんなふうに言われたら、勘違いしたくなる。殿下が少しでもわたしを想ってくれているんじゃないかって。

真摯なまなざしを向けてくる彼に、心が捕らえられてしまいそうになる。

アンジェラは必死に目をそむけ、鼓動に気づかないふりをした。

そうしなければ、彼と一緒に暮らす夢を見てしまう。

——でも、この恋は報われないの。わたしだって、破滅エンドは避けたい。だから……！

「……わたし、殿下とは結婚できません」

ずっと、彼との結婚を待ちわびてきた。

来たるべき日のために努力を続けてきた。

だが、今はもうこの婚約から逃れるよりほかに生きる道がない。

「俺たちは王に認められた婚約者だ。アンジェラが嫌だと言っても、俺はきみを離すつもりはない」

だったら、どうすればいいのだろう。

今ここから逃げ出すことが不可能でも、タイガは執務で多忙なはず。

口論するよりは、機を見て逃げ出せばそれで——。

「アンジェラ」

ずい、と彼が身を乗り出してくる。

「は、はい。なんでしょう、か……？」

「顔にすべて出ている。俺の目が届かないときに、逃げ出す算段だな」

「っっ……」

すべてを見抜いているとでも言いたげに、タイガは麗しい笑みを浮かべていた。

その笑顔に見惚れてしまうのは、どうしようもない。

彼が美しいから、彼が魅力的だから、そしてアンジェラが十四年間ずっとタイガに恋をしてきたから。

「逃げられないようにするため、もっと異なる束縛が必要そうだ」

「束縛だなんて、おやめください。わたしは……」

「怯えなくていい。何も、きみを縄で縛り上げるわけではない。心を縛らせてくれ」

「え……？」

上掛けが一瞬で引《ひ》き剥《は》がされ、下着姿が彼の目にさらされる。

慌てて両手で胸元を隠そうとしたけれど、それより早くタイガがアンジェラにのしかかっていた。

「んっ……、な、何を……」

「絶対に逃がさない。アンジェラ、きみは俺の妻になるのだから」

やわらかな唇が、アンジェラの耳の下に押しつけられる。

びく、と全身がこわばった。

まさか、そんなわけがない。

誠実で、紳士的なタイガ。彼が、結婚前の女性に対して無体をはたらくなんて考えたこともなかった。

「きみの肌は、いい香りがする」

「やめ……て……」

含羞《がんしゅう》に、白肌が一気に赤く染まる。

力なく彼を押し返そうとした手を、タイガが優しく握った。

「やめない。婚約解消だなんて言い出した罰だ」

「殿下……、あ、やだ……っ」

公爵令嬢の矜持だのプライドだの、頭で考えて作り上げた仮面がいともたやすく引き剥がされる。

寝台の上、裸同然のアンジェラに残されたのは本能だけだった。

経験がなくたって、これから何をされるのかは想像がつく。

いけないことだとわかっていても、体が甘く反応するのは止められない。

白い絹の下着越しに、左右の胸の先が張り詰めるのが自分でもわかった。

「結婚するまで、きれいな体でいさせてあげるつもりだった。俺を煽《あお》ったのは自分だとわかっているか？」

冷たい目で見下ろすタイガが、うっすらと赤く染まった鎖骨に指を這《は》わせる。

指腹で撫《な》でられると、皮膚がじんじんとせつない。

「こんなこと、誰かに知られたら……」

「結婚の日取りも決まった婚約者のふたりが、愛を交わすことに問題はないだろ」

結婚はできない、と繰り返す余力は、アンジェラにはすでになかった。

薄い布一枚では、貞操を守ることなんてできはしない。

——婚約者なら問題はない……。ないの？　ほんとうに……？

触れられる肌の熱が、本能のまま彼に愛されたいと希《こいねが》う。

「っっ……最後、までは……許してください……！」

気持ちとは裏腹に、アンジェラの唇はギリギリのところで踏みとどまりたいと訴えた。

「最後まで、とは？」

一瞬、彼が動きを止める。

問いかけておきながら、タイガの目は語っていた。

最後まで奪わなければそれ以外は許すのか、と。

同時にそのことをアンジェラの口から言わせたいと思っているのが伝わってくる。

「うう……、ですから、最後、その、純潔は……」

恥じらいながらも、必死に言葉を選んだ。

処女のままでいさせてください、とはさすがに言えなかった。

「我が婚約者は、閨事についてもしっかりと教育を受けているらしい。では、きみの望むままに振舞おう。その代わり――」

いったん言葉を区切って、タイガがアンジェラのまぶたに唇を落とす。

何を求められるのか、期待と緊張が胸に込み上げてくる。

――とにかく、子どもができるようなことはしちゃダメ。最後の一線さえ、踏み越えなければどうにか……。

どうにかなる問題なのかも、すでに判断ができなくなっていた。

肌を暴かれ、くちづけられ、彼のぬくもりを直接感じているこの状況で、経験値ゼロのアンジェラにわかることとなんてほとんどないのだ。

「きみにも積極的に、俺を欲してもらいたい」

「え……っ⁉」

なかば一方的な要求である。

結婚できないと告げているアンジェラと、結婚するから逃がさないと宣言するタイガ。

ふたりの攻防戦に、積極的な欲求だなんてものを持ち出されるとは考えもしなかった。

「せ、積極的って、どのようにすればいいのでしょうか」

元来が真面目なアンジェラは、真剣な表情で問いかける。

「拒まれるのは俺としても寂しい。婚約を解消したいという考えを一度忘れて、ふたりきりの時間を堪能してもらいたいというのは無理か？」

どくん、と心臓が跳ねた。

白い天蓋布を頭上に、タイガの金色の髪が美しく揺らいでいる。

同じく金色の瞳は、どこか懇願するような熱を帯びてアンジェラを見つめていた。

彼が自分を求めているのが、心の深いところまで伝わってくる。

一般的に、男性にとっては、愛情と性欲は似て非なるものだと言われることを思い出した。

「……約束を守ってくださるのですね？」

「ああ、俺は約束をたがえたりしない」

「わ、わかりました。では、わたしなりに尽力させていただきます！」

「それと、もうひとつ追加で」

――まだあるの⁉

「俺のことは、名前で呼んでほしい」

「そんなおそれ多いこと、できませ――」

「アンジェラ」

唇に、彼の人差し指がそっと添えられる。

縦に言葉をふさいで、彼が声をひそめて「呼んで」と囁《ささや》いた。

鼓膜が震えるのが、感じられる気がした。

逆らえない、甘い誘惑。

大好きな栗の焼き菓子よりも、よほど蠱惑的《こわくてき》なタイガの声に、アンジェラはごくりと喉を鳴らす。

「タイ、ガ……さま……」

「そうだ。じょうずだよ」

「タイガさま……、タイガ……さま……っ」

たとえ婚約者であろうとも、アンジェラは彼に対して親しげに接することなく暮らしてきた。

こんなふうに彼の体温を感じることも初めてならば、これほど長い時間をふたりきりで話して過ごすのも経験のないことだ。

ゲームの世界なんて、もうどうでもいい。

このまま、彼の腕に身を任せてしまいたい。

——だけど、そうしたらわたしは命を落とすかもしれない。それだけは、どうしても避けたい。わかってるのに……！

「俺の名前を呼ぶだけで、どうしてそんなにいやらしい表情をするんだろうな」

どこか夢見るような声で、彼が言う。

心も体もしっとりと潤んでいくのは、この恋を貫くわけにはいかないと知っていながら、タイガに求められる悦《よろこ》びを感じているせいだ。

「タイガさま……は、どうしてそんないやらしい言い方をするんですか。恥ずかしくなります」

「はは、これはいい。きみはか弱いだけのお嬢さまではないことを思い出させてくれる。——そうだな。たしかに、俺はもっと優しくすべきだ。これまでの反省も兼ねよう」

彼が、いったい何を反省する必要があるのだろう。

どれほど冷たくそっけなくされても、アンジェラはタイガの妃となるために努力してきた。

その気持ちに変化はない。

初めて会った日から、彼だけが特別だった。

両親からの愛情を感じられずに育ったアンジェラに、優しくしてくれた人。

「アンジェラ、こっちを見て」

「……はい」

言われるまま、彼の瞳を見つめる。

すると、タイガが下着のストラップを肩からするりと引き下ろした。

肌にかすめる指の感触に、ぞくりと甘い期待が混ざる。

「恥ずかしい？」

「き、聞かないでください」

「これも妃教育の一貫だと思うのはどうだ？」

そんなに簡単に感情は割り切れないけれど、タイガの言うことにも一理ある。

──わたしは、あなたの妃にはなれないのに。

ふたりの結婚式の日は訪れない。

それより前に、エマへの気持ちに彼は気づいてしまうのだ。

──余計なことを考えるのはやめよう。今は、心のままに素直に、彼を欲してもいいんだもの。

いまだ婚約している。そう、今だからこそ、自分から彼を求めても許される。

「ん……っ」

レースの飾り部分が胸の先端にこすれて、アンジェラは小さな声を漏らす。

「かわいい声だ」

「そ、んなこと……」

「全部、見たい」

しゅるりと白い下着が剥《む》かれて、アンジェラの素肌があらわになった。

形の良い乳房が、仰向《あおむ》けになってもつんと上を向いている。

薄く色づいた部分はせつなく疼《うず》き、中心に快楽の芯が通っていた。

「これが、きみの体なのだな」

「……わたしばかり、脱がせないでください。恥ずかしい……」

「俺の体が見たいということか？」

そういうつもりではなかった。

だが、言われてみればそのとおりということもある。

──殿下のお体！　み、見てみたい。婚約を解消する前に、一度、ぜひ！

期待に満ちた目をしていたのだろう。

返事をするよりも先に、タイガがフロックコートを脱ぎ捨てる。

クラヴァットを緩め、彼は数秒と経《た》たずに筋肉質な上半身を夜気にさらした。

異性の体を、これほど間近に見る経験なんてなかった。

服の上から想像したよりも、タイガはずっと引き締まっている。

もっと繊細な、ほっそりした体格だと思いこんでいたけれど、そうではない。

「……きれい……」

アンジェラを跨いで膝立ちになった彼は、燭台《しょくだい》の明かりに照らされて神々しくすらある。

「男の体が美しいものか。俺よりも、きみのほうがよほど美しいだろうに」

「そんなことありません。タイガさまの体は、とてもきれいです」

「――ならば、触れてみるか？」

彼の声が、わずかにかすれる。

タイガもまた、興奮しているのが伝わってきていた。

声だけではない。

表情も、瞳も、そしてトラウザーズの下腹部も、何もかもが彼の狂熱を表している。

「触れてみたいです」

積極的に求めろと言われているからではなく、心から彼に触れてみたいと思っていた。

しなやかな体は、あまりに蠱惑《こわく》的だ。

「……好きにしろ。俺はきみのものだ」

彫刻のように美しい体をした男が、目をそらす。

頬にほのかな赤みがさし、タイガもこれまでほかの女性に触れてこなかったのだと直感的に思った。

そろそろと右手を伸ばして、割れた腹筋に指を這わせる。

引き締まっているのに、触れた肌は弾力があって想像よりもやわらかい。

指をくいっと押し込むと、その奥には硬い筋肉が感じられた。

手を上へ動かし、みぞおちから胸筋へ。

すると、タイガが上半身をかがめて顔を近づけてきた。

「っっ……」

「きみの言葉を真似るなら、俺にばかり触れないでくれ。きみに、触れたい」

「……タイガさまの、したいように……」

「いい子だ」

大きな手が、アンジェラの頭を撫でる。

緊張しているのに、心のどこかがほぐれていく。

まるで小さな子どものように、アンジェラは安心感で泣きそうになっていた。

「そんな目で見られると、勘違いをしたくなる」

「わたし、どんな目をしているのでしょうか」

ふ、と彼が相好を崩す。

意味ありげなまなざしは、答えを示さぬままにアンジェラの胸元に向けられた。

「触れたら、壊してしまいそうだ」

長い指が、つうと胸の膨らみをたどる。

輪郭をたしかめるようにして、彼はアンジェラの乳房の丸みに指を這わせた。

くすぐったいような、もどかしいような、得も言われぬ感覚が全身に漲《みなぎ》っていく。

そして、次の瞬間。

「ひ、ぁッ……」

自分のものとは思えない、甘えた高い声が迸《ほとばし》った。

胸の先端を親指と人差し指でつままれている。ただそれだけのことなのに、どうしようもないほどに腰が震える。

――何？　わたし、どうして……!?

指で触れられた部分が、たまらなくせつない。

心の奥まで捏《こ》ねられるように、アンジェラの体を狂わせてしまう。

「よさそうで嬉しいよ、アンジェラ」

「や、どうして……っ」

「指でつまむだけでも感じてくれるのならば、こうして――」

顔を近づけたタイガが、つんと屹立《きつりつ》した乳首に舌を伸ばす。

ダメ、と反射的に声が出そうになった。

舐《な》められてみたい、と心が無意識に渇望していた。

彼のなすがまま、アンジェラは寝台の上で目を閉じる。

すると、温かく濡《ぬ》れたものが感じやすい部分を包み込んできた。

「ぁあ、んっ、胸……っ……」

ぴちゃ、ぴちゃり、と最初は遠慮がちに彼の舌が躍《おど》る。

それがだんだんとなめらかな動きに変わっていき、気づけば唇で胸の先をついばまれていた。

――舐められて、吸われて、何も考えられない。こんなに気持ちがいいものなの？　それとも、タイガさまは特別ということ……？

「腰が揺れている。俺を求めてくれているんだな」

「わ、からな……、ぁ、あっ」

「わからないなら、ともに確かめてみよう」

「タイガさま……っ」

胸元にキスしたままで、彼が右手を脚の間に滑り込ませた。

柔らかな内腿《うちもも》をそろりと撫でられ、腰から脳天に電流が流れる。

びく、と大きく体をのけぞらせたタイミングで、彼の指が柔肉に触れた。

想像していた感触とは違う。

タイガの指が触れた部分は、ぬるりとぬかるんでいる。

――わたし、濡れてる。

自分の体の反応が、どういう意味を持っているのか。

知らないほどに、アンジェラは無知ではなかった。

――彼に抱いてほしいと、体が求めてる。心より先に、彼をほしがってるんだ。

「初めてなのに、もうこんなに濡らしてくれるだなんて」

「……っ、い、イジワル、言わないでください……」

「褒めているんだ。アンジェラ、きみはいつだって完璧であろうとしていた。だが、硬い鎧《よろい》をまとったその内側に、これほど情熱的で愛らしい部分を隠していたんだな」

柔らかな秘裂を二度、三度と往復したタイガの指が、おもむろに花芽を探り当てた。

「っっ……！　ぁ、そこ……っ」

「ここが、きみのもっとも感じる場所なのか？」

「んっ……、ぁ、あ、ビリビリくる……っ」

ぷっくりと膨らんだ突起を、彼が優しく撫でる。

円周をなぞる動きを繰り返されるうちに、敏感すぎる器官を覆っていた包皮がめくれた。

濡れた指先が、初めて剥《む》き出《だ》しになった花芽を軽く押しつぶしてきて、アンジェラは泣きそうな声で彼の名を呼ぶ。

「タイガさま……っ、ぁ、あ、わたし、おかしくなっ……」

「ああ、いくらでもおかしくなってくれ。感じているきみを、もっと見ていたい」

ガクガクと膝が揺れた。

揺れているのは、膝だけではなかったかもしれない。

「ほんとに、んっ……、ぁ、これ、無理……ッ」

「達しそうということか？」

おそらく、そういうことなのだと思う。

自分がどこかへ連れていかれてしまうような、どこか高いところへ体の中身だけを引き抜かれるような、説明のつかない感覚だった。

タイガの指の動きが加速する。

アンジェラを、快楽の果てへと誘《いざな》おうとしている。

「やぁ……っ、来る、何か来ちゃうの……っ」

彼の身分も忘れ、ただ必死にしがみついた。

タイガの背中に爪を立て、シーツを乱して腰を揺する。

「は……ッ、ぁ、あ、あ、ああっ……！」

閉じたまぶたの裏側で、強い光がいくつも弾けた。

心臓の鼓動が、鼓膜のすぐ近くで聞こえる気がする。

「アンジェラ」

名前を呼ばれているのに、返事をすることができない。

肩で息をするアンジェラは、タイガにしがみついたまま初めての快楽に流されていた。

† † †

アンジェラが果てて、三十分も過ぎたころ。

衣服を整えたタイガは、侍女に大浴場の準備を命じた。

もう家に帰る必要はないと言われていたものの、本気で泊まることになるとは思っていなかった。

王宮で入浴するなんて、まして考えもしなかった。

しかし、侍女四名に大浴場へ連れて行かれ、全身をくまなく洗われて、髪を拭われ、真新しい寝間着を着せられ、彼の寝室に戻ってきたときには、自分の考えが甘かったことに気づく。

彼は本気だ。

——え、そうなると婚約解消は……。

最後の一線は越えていないものの、たしかに彼と本来すべきではないことをしてしまった。

その直後に「婚約破棄をお願いします」とは、こちらも言いにくい。実際、それを言えるだけの根性はもうアンジェラには残されていない。

だが。

ここで諦めたら、人生が終了してしまう。

——殿下のことは好きだけど、だからってみすみすわたしを捨てていく男に命を懸けて恋するなんて無理なの！

そんなアンジェラの気持ちをつゆ知らず、寝室で待っていたタイガは彼女の寝間着姿に目を輝かせている。

「今まで知らなかったきみを知るのは嬉しいものだ」

「……そう、ですか」

「だが、知らずにいた期間を後悔してもいる」

「はあ」

「そして、これからもっと知っていけることに期待している」

――これまでのタイガとも違うけど、ゲームのタイガとも違う。何が起こってるの？

冷たくすげない彼には慣れている。

そのほうが婚約を解消するためには良かったとすら思う。

けれど、今の彼は――。

――まるで、わたしのことを好きみたいな態度をとらないでほしい。そんなの、期待したくなるから。

「今日は疲れただろう。早く休んだほうがいい」

タイガの手が肩に触れたとき、寝台がひとつしかない部屋でどうやって眠るつもりなのか、尋ねるだけ無駄だと感じた。

逃がさない、と彼の手が伝えてきている。

婚約に縛られたふたりの攻防戦は、まだ始まったばかりだった。

† † †

夢の中で、アンジェラは安心のぬくもりを抱きしめている。

鳴き声をあげない、不思議な子猫。夢の中でも、やはりマロンは無言のままだ。

『マロン、わたしもうおうちには帰れないかもしれないの』

自分の口から発した声が、マロンと出会ったときの五歳のままだと気づく。これは、夢だから。

『ねえ、マロン、どうしたらいいのかしら。わたし、生きていたい』

体のわりに足が太くて大きなマロンは、アンジェラの胸元に鼻先をすり寄せている。

『もう、マロンったら。わたしの話、聞いてるの？』

「聞いているよ」

突然、猫から聞こえてくるはずのない声がして、ハッと目を開ける。

こちらを覗き込む金色の瞳。

二度目の目覚めに、アンジェラは慌てて現実を取り戻した。

「……殿下、おはようございます」

さっきの「聞いているよ」は、タイガの声だった。

「違うな」

「え……？」

温かな指が、そっとアンジェラの頬をつついた。

「名前で呼ぶと約束しただろ」

――それは、あの最中だけの話ではなくて⁉

寝起きの頭が、現実に追いつかない。

抱きしめていたはずの子猫が、美しい金色のトラに変わったら、誰だって驚くだろう。

「タイガ、さま」

「もう一度」

「……タイガさま、おはようございます。そして、わたしはもう少し眠らせていただきます。おやすみなさいませ」

一方的に言い放ち、宣言どおりにアンジェラは二度寝を決め込んで目を閉じる。

ほんとうは、寝ている場合でないことはわかっているのだが、こちらの寝顔を眺めていた男を相手に、どんな朝の会話をすればいいか皆目見当もつかない。

――公爵家の令嬢としては絶対に間違った行動だけど、もうわたしの評判なんてどうでもいいわ！

もとより悪役令嬢扱いなのだから、今より評判が落ちたところで問題はない。

大事なのは、生き延びること。

「きみは、なかなかに肝が据わった人だ。未来の王妃としては安泰だ」

タイガの言葉に、アンジェラはしっかり眠ったふりを決め込んだ。

† † †

「アンジェラさま！　おひとりで心細かったのではありませんか。たいへんお待たせしてしまい、申し訳ありませんでした」

ほぼ昼食に近いブランチを終えた直後、実家から荷物を持って侍女のレナがやってきた。

彼女が来てくれて安堵《あんど》したのは事実だが、同時に両親がアンジェラの王宮滞在を受け入れたことが明確になる。

あの父と母が、アンジェラを家に戻すよう言ってくれると期待したわけではなかったけれど、一応は彼らの娘なのだ。

もう少し、政略結婚の道具として以外の愛情を垣間見《かいまみ》せてくれてもいいではないか。

——前世だったらネグレクトよ。まあ、この世界においてもさすがに愛情が薄いけど。

かつてのアンジェラは、両親の愛情が自分に向けられないことを寂しく思いながらも、長男にして嫡男である弟の存在に感謝する気持ちもあった。

弟がいてくれるからこそ、家が存続する。

女に生まれた自分にできることは、より良い条件の相手と結婚し、子をなすこと。

その相手が王太子ならば、これ以上の縁談はあるまい。

「レナ、たくさん荷物を準備してくれたのね。ありがとう」

「……アンジェラ、さま？」

レナが怪訝《けげん》そうに眉根を寄せた。

侍女の表情を鏡に、アンジェラは自分が変わってしまったことを思い知らされる。

前世の自分と、アンジェラとして生きてきた自分は、きちんと連続しているつもりだった。

だが、外から見れば訝《いぶか》られるような変化があるのかもしれない。

――実際、考え方は大きく変わっている……ような気もしてきた……。

以前ならば、両親に見向きしてもらえないことを当たり前として受け入れていた。

家を継げない自分より、弟を優遇するのは当然だと。

――そんなわけない。子どもが親に愛されるのは権利だもの。それに、たった五歳で婚約させるだなんておかしいでしょ！

この世界では、きっと誰もその事実をおかしいとは思わないのだろう。

だったら、アンジェラが指摘したところで何かが変わるとは考えにくい。

そもそもこんなことで、周りから不審に思われても困る。

今必要なのは、未来だ。

死なずに迎える明日こそが、アンジェラの求めるもの。

だけど、ほんとうにそうだろうか。

心のどこかに、恋の棘《とげ》がある。

タイガに向ける想いは、前世を思い出したあとも消えてはいないのだ。

――あんなふうに触れられたら、いっそう意識せずにはいられない。だってわたしは、ずっと彼に恋をしてきたから……。

わかっている。それでも、今は生きることを優先しなければいけない。

自分にそう言い聞かせてから、アンジェラは小さく咳払《せきばら》いをし、再度レナに向き直った。

「いずれ王太子妃となる身ですもの。親しみやすい話し方を練習しているの。何かおかしかったかしら？」

「なるほど、そうだったのですね。表情もずいぶん柔和でいらしたので、昨晩何かあったのかと勘繰ってしまいました。主であるアンジェラさまのお考えを想像することもできず……。申し訳ありません」

そこまで言われると、いたたまれない。

昨晩、何かがあったのもそのとおり。何もなかったとは、到底言えない。

――レナのおかげで、あらためてアンジェラらしくしないといけないのがわかったわ。そう、わたしはこの世界では皆の知るアンジェラ・ディラインでいなければ。

どんな些細《ささい》なミスが命取りになるかもわからない状況だ。

ゲームの展開を変える。そのために、婚約破棄をする。

ところで、と侍女がまじまじアンジェラを覗き込んできた。

「今後は王宮に滞在なさるということで間違いはございませんでしょうか？」

仕事熱心なレナの確認は、決しておかしなものではない。

けれど、アンジェラとしてはできるだけ早くここから自由になりたいし、なんなら婚約も破棄したいのだ。

「そうね。殿下のお気持ちひとつということになると思うわ」

「かしこまりました。アンジェラさまが、王宮でも快適にお過ごしになられますよう、尽力いたします」

「え……？」

王宮には、王宮侍女たちがいる。

レナは、ディライン家で雇われている侍女だ。

――荷物を持ってきてくれただけだと思っていたけど、もしかしてレナはここで働くつもり？

「ご主人さまの許可はいただいております。アンジェラさまのご結婚後のことも考えて、王宮への推薦状もちょうだいしました。準備は万端でございます」

それはちょっと、どうかと思う。

レナが仕事熱心なのも、アンジェラの好みや性格を熟知してくれているのも知っているが、ここにずっといては未来はないのだ。

あるいは、アンジェラが婚約を解消したのちに、ともにディライン家に帰るところまで許可が出ているなら話は別だが――。

――わたしの気持ちとしては帰りたい。でも今のところ、帰る目処《めど》は立ってないのよね。

王太子であるタイガが、絶対に帰さないと言うなら誰も抵抗はできない。

彼の意見を覆《くつがえ》せるとするならば、それこそ国王でも呼んでくるほかないだろう。

「先ほど、荷物の運び入れに際してアンジェラさまのお部屋が準備されていることを確認いたしました。ご入用のものなどありましたら、追加で手配いたしますのでご確認くださいませ」

「わたしの部屋というのは、なんの話かしら」

つとめて平静を装ったものの、心の中は大混乱だ。

たしかにタイガの部屋を共用するよりは、自室があったほうがいろいろと便利で安全である。

あの快楽に毎晩どこまで逆らえるか、アンジェラだって自信がない。

水と人間は、低いほうへ流れるものなのだから。

「我が婚約者どののために、もとより王宮には部屋の準備がしてあった」

唐突にレナとの会話に、低く甘い声が混ざる。

振り返らずとも、それがタイガの声なのはわかった。

「殿下、いらしていたのですね。ご公務がお忙しいのに、よろしいのですか？」

昨晩のふたりに何があったとしても、人前で親しげに名前を呼ぶのは違う。

アンジェラらしくいることも重要なのだから、多少高慢に見えるくらいでいいのだ。

「きみの侍女が荷物を運んできてくれたのに、放っておくわけにはいかない」

けれど、彼のほうはまったく何も気にしていない様子である。

今にも腰を抱き寄せそうな親近感で、アンジェラに顔を寄せてきた。

「お心遣いありがとうございます。お部屋をご用意くださっていたとは恐縮ですわ。しばしの滞在となりますが、感謝して使わせていただきます」

長く滞在する気はないのよ、と暗に匂わせつつ、慣れた淑女モードの笑顔でやり過ごす。

――お願いだから、わたしの侍女の前でヘンなことを言わないでくださいね！

心の声が、彼に届いていることを願うばかりだ。

「男手が必要だろう。侍従を五名、手配しておいた。ディライン家から来た侍女の――名前はなんという」

「はい、レナ・ヘンケルスでございます」

「そうか。レナ、侍従たちに荷運びを頼むよう指揮を頼んだ」

「かしこまりました」

これまで考えたことがなかったけれど、レナは王宮侍女たちにくらべても見劣りしないほど有能である。

たしかにアンジェラの家も名家ではあるのだが、なぜ、これほどの侍女がディライン家で働いているのだろう。

――まあ、考えても詮ないことね。いったん横に置いておくとして。

「アンジェラ」

「はい、殿下」

「晩餐《ばんさん》をともにしよう。時間になったら、侍女を案内に向かわせる。それから、これは王宮図書館の入館証だ。きみは書物が好きだと聞いている。好きなときに利用するといい」

「！　ありがとうございます。嬉しいですわ」

勉学に優れ、楽器の演奏も得意とするアンジェラだが、ほんとうはひとりで読書をするのが大好きだった。

周囲にはあまり知られていないと思っていたが、タイガがそのことに気づいていてくれたとは驚きである。

王宮の図書館ともなれば、これまで読む機会のなかった古い書物もたくさんそろっているだろう。

――でもやっぱり、殿下がわたしの好きなものを知っていてくださったのに感動しちゃう！

今までほとんど接点もなく、ろくな会話もしていなかったのに、彼はどこでアンジェラのことを知ったのか。

歓喜を顔に出さないよう奥歯をぐっと噛《か》み締めていたアンジェラは、そんなことにも頭が回らなかった。

――逃げ出すにしても、まずは図書館を堪能してから……。いえ、でもチャンスがあったら、いつでも狙っていくべきよね。わかってる、わかってるけど、図書館は魅力的すぎるわ……！

アンジェラの婚約破棄は、まだ成功まで遠そうである。

† † †

侍従たちの手を借りて、当面の生活ができる程度に部屋が整った。

もともと客室を改装してある部屋は調度品も揃《そろ》っているため、さして用意するものがあるわけではない。

それでも、公爵令嬢として周囲から眉をひそめられない程度の生活水準を保つには、十全な準備が必要となる。

「アンジェラさまの愛用だった鏡台は、許可を取って運び入れました。位置はこちらでよろしいでしょうか？」

初対面の男五人をしっかりと使いこなしたレナが、片付けの終わった部屋でアンジェラに伺いを立てた。

鏡に映る自分の姿を、アンジェラはじっと見つめる。

腰に届くほどの長い黒髪は、毛先だけがくるりとカールし、艶《つや》やかだ。

剥きたてのゆで卵のようにつるりとした輪郭に、大きな紫色の瞳が意志を感じさせる。睫毛は何もせずともくるんと上向きで、唇が可憐《かれん》に赤い。

ぱっちりとした猫目は、無表情でいるときつい印象もあるけれど、笑顔になれば目尻が下がる。

「ええ、ここなら逆光に悩むこともなさそうだわ。でも、ここまでする必要があったのかしら。わたしは、それほど長く王宮に滞在するつもりはないのだけれど」

「ご結婚まで、このままお暮らしになると聞いておりましたが……」

つい本音が漏れてしまい、アンジェラは慌てて「そういう意味ではないの」と顔の前で手を振った。

婚約を破談にするつもりだなんて、レナ相手でも知られるべきではない話だ。

「つまり、その、結婚したらこの居室を使い続けるわけではないでしょう？　王太子夫妻のための部屋が別にあると聞いているわ」

「さようでございますね」

今の言葉に嘘《うそ》はない。

しかし、貴族や王族ともなれば、夫婦の寝室のほかにそれぞれ個別の居室と寝室があるのも当然だった。

おそらくタイガはこの部屋をアンジェラが結婚後も使うことを想定して整えていてくれたのだろう。

「そのときには、ご夫妻の寝室にアンジェラさまの鏡台を運び込むことになりましょう」

「……ええ、そうなるかもしれないわね」

上の空で返事をしながら、アンジェラはゲームの展開と、ゲームと異なるこの世界の進行について思いを巡らせる。

そもそも『紅き夜のエクリプス』において、タイガとアンジェラがどんな会話をしていたか、ユーザーは知りようがない。

基本的に主人公であるエマの視点で、世界を見ているのだ。

——そういえば、エクリプスってゲームの中では月蝕《げっしょく》を意味していたはず。

ファディスティティア王国では、七十年に一度、特別な月蝕の夜が訪れる。

それこそが、タイトルにもなっている『紅き夜のエクリプス』だ。

その夜は、赤い月が夜空に浮かび、ゆっくりと侵食されていくという。

特別な夜をともに過ごしたふたりは、永遠に幸せに暮らせる。そんな伝承があった。

タイガとアンジェラの結婚の儀は、月蝕当日に予定されている。

——実際には、その日に結婚するのはタイガとエマだけどね……。

月のない夕暮れの空を見上げて、アンジェラはため息をつく。

こうして落ち着いて考えてみると、ゲームの出来事についてはまだほかにも忘れている点がいくつかありそうだ。

今夜は、ひとりで寝台を広々と使える。

一晩、じっくり考えてみよう。

第二章　あなたを好きじゃなくなるために

王宮に寝起きするようになって、三日が過ぎた。

当初は戸惑いもあり、何をしていいか、何をするべきなのか、迷っているうちに日が暮れてしまったけれど、さすがに四日目ともなれば生活のペースがつかめてくる。

朝のしたくを済ませて朝食堂へ向かうと、王宮の侍女たちがアンジェラのために食事を準備してくれた。

ただし、彼女たちは悪役令嬢のアンジェラをタイガの婚約者としてふさわしくないと考えているのが、態度にありありと表れている。

冷めたスープや、ソースのかかっていないチキン、ときにはナイフとフォークの位置をわざと間違えて配置してくる。そんなかわいらしい嫌がらせに、こちらもいちいち怒る気はない。

そう思ってから、ふと気づく。

――記憶を取り戻す以前だったら、わたしはたぶん注意のひとつもしたはずだわ。

へたをすれば、一から十まで叱責しただろう。

気分を害したからではなく、王宮における侍女の心得としてあるまじき態度を叱るに違いない。

今だって、前世を思い出す以前の気持ちも持ち合わせているのだが、当時よりも視野が広くなった。

以前のアンジェラは、正しいことが何よりも優先されるべきだと考えていたのだ。

特に、王子の婚約者としての自分を律するあまり、周囲に対しても同じ要求をしていたように思う。

――それが、アンジェラを悪役令嬢たらしめていたんだけどね。

この世界――いわゆるゲームとしての『紅き夜のエクリプス』を知っているからこそ、自分の置かれているポジションを客観的に見ることができるようになった。

そして今。

アンジェラは、悪役令嬢として処刑される結末だけは、なんとか避けたいと思っている。

タイガとの婚約を破棄するのが、最優先の目標だ。

だが、現状すぐに婚約を解消できないとなれば、次に考えるべきは悪役令嬢というレッテルを払拭《ふっしょく》することである。

王宮の侍女たちですらああなのだから、貴族たちにわかってもらうのは簡単ではないだろう。

――でも、諦めるわけにはいかない。だって、理解してもらうことを諦めるのは、わたしの人生を諦めることに直結するんだから！

とはいえ、アンジェラにだって理解者はいる。崇拝者というのが正しい気もするが、いわゆるエマ派、アンジェラ派の後者がそれに当たる。

エマに対して敵対心を持っていないことを証明し、自分が害意のある人間ではないとわかってもらうためには、アンジェラに協力的な者たちの手を借りるのも有用だろう。

アプローチとしては、少し迂遠《うえん》なやり方になる。

それよりも、もっと身近な相手への直接的な働きかけを行うべきではないだろうか。

――たとえば、侍女たちとか？

自分で考えておいてなんだが、王太子の婚約者相手に嫌がらせをしてくる侍女たちに、今さらアンジェラが何か言って効果が得られる可能性は低い。

――それでも、やらないよりはマシなのかもしれないし、余計なことをしていっそう嫌われるということもあり得る……？

「うーん、難しいわね」

「何がですか？」

「あ、あら、口に出ていた？　少し考えごとをしていたの。ぼんやりしてはいけないわね」

王宮の廊下を歩きながら、アンジェラは付き従うレナに微笑を向けた。

ふたりの行き先は王宮の図書館である。

王宮図書館は、南翼の中庭を抜けた先に建つファディスティア王国最古の書物管理庫だ。

便宜上、図書館と呼ばれてはいるけれど、利用できる者は王室関係者と研究者に限られる。

国内外の歴史学者は、誰もが王宮図書館の入館証を手にしたがると聞く。

せっかく入館証を与えられたのだから、暇をやり過ごすために書物を読むのも悪くない。

娯楽の意味もなくはないが、主に現状を打破するためのアイディアを求めてアンジェラは先人の知恵を拝借しようとしているのだ。

物語にも歴史書にも、学ぶべきものはたくさんある。

今、アンジェラが必要としているのは、端的《たんてき》に言って人心の動かし方であり、伝わる話し方であり、誤解の解き方である。

「アンジェラさまでも、緊張なさることがあるのですね」

ぽつり、とレナがつぶやく。

たしかにこれまでレナが見てきたアンジェラは、完全無欠を絵に描いたような人物だったことだろう。

そうあろうと努力した結果だったが、そこに人の心があったか考えると悩ましい。

「実はね、レナ」

「はい」

「わたし、昔からとても緊張しやすいのよ。それを必死に隠してきたの」

「……アンジェラさまが、ですか？」

「ええ。子どものころは、緊張するたびに失敗をしたものだわ。思い出すだけで、顔から火が出る思いよ」

「想像もできませんね」

ふふ、と笑い合って、ふたりは図書館の前にたどり着いた。

雨上がりの中庭に、葉の色を濃くした植物が美しい。

ファディスティアの王宮は、古城と呼ぶにふさわしい建築物だ。

石造りの外壁は、もとは白色だったのかもしれないが、時を経て灰色がかっている。

外回廊を衛兵が四名、並んで歩いていく。

すれ違いざまに敬礼をした彼らが、数メートル離れてから「ついにタイガ殿下もご結婚か」とつぶやくのが聞こえてきた。

タイガが結婚する相手は、自分ではなくエマだろう。

——恋はかなわないんだから、せめて死亡エンドだけは回避させてよ、神さま。

水滴に濡れる緑の向こうに、薄く虹がかかっていた。

† † †

日が暮れるまで図書館にこもり、腰を据えて書物を厳選した。

先達の知恵を拝借するなんて意気込んでいたものの、結局おもしろそうな読み物ばかりを選んでしまったと気づいたのは、居室に戻って書物を並べたあとである。

幼いころから、アンジェラは読書家だった。

いずれ王太子妃となり、ひいては王妃となるべくして育てられた。

家庭教師たちは皆、口を揃えてたくさんの書物を読むべしと教えてくれたし、アンジェラ自身も部屋にひとり、物語に没頭《ぼっとう》するのを好んでいた。

「ずいぶんたくさんお借りになりましたね」

「ええ。しばらくはこちらに滞在するのだから、普段は読めないものを読んでおくのも良い勉強になるわ」

つとめて、前世を思い出す前の貴族令嬢らしい自分を演じる。

そういえば、アンジェラは歴史書や宗教書を自室に並べていたけれど、その奥にひっそりとお気に入りの恋愛小説を隠していた。

近しい侍女のレナにすら明かしたことがなかったけれど、恋の物語を読んではタイガとの未来を夢見ていたのである。

アンジェラのひそかな趣味を知っていたのは、おそらく猫のマロンだけだった。

読書をしている最中、マロンは太い足をアンジェラの膝の上に投げ出してくつろいでいた。

思い出すたびに、不思議な猫だったと感じる。

初めて会ったときは子猫だと思ったのだが、マロンはあの大きさで成猫だったのだろう。

出会って十年以上が過ぎるのに、成長した様子もなければ老いた印象もない。

人間と違って、動物の老いは目に見えにくいものなのだろうか。

――はあ……。マロンのぬくもりが恋しい。レナに王宮に連れてきてくれるよう頼んでみようかしら。

鳴き声をあげない子だから、こっそり飼うのも難しくない。

同時に自分の自由がきく場所ではないため、マロンに不自由させるのを躊躇《ちゅうちょ》する気持ちもあった。

「ねえ、レナ。マロンは元気だった？」

「アンジェラさまがいらっしゃらないと、あの子は姿を見せません」

「そうなの？」

「はい。お気づきではありませんでしたか？」

言われてみればそうだったのかもしれない。

ほんとうに不思議な猫だ。

ぼんやりと鏡台の前に立つアンジェラの耳に、重厚な扉をノックする音が聞こえてくる。

「はい」

扉に近づいたレナが短く応じるのを待って、廊下側から入り口が開いた。

「殿下、ようこそおいでくださいました。アンジェラさまはご在室です」

レナの対応から、やってきたのがタイガだと気づく。

――タイガ⁉　今日は部屋に来る予定は聞いていないけど、どうしたの？

鏡を覗き込み、アンジェラは髪の毛先を整えた。

くるりとカールした黒髪は、乱れたところがなくて安堵する。

靴音を静かに鳴らし、彼が室内に入ってきた。

黄金の髪がやわらかに揺れるだけで、周囲の空気が清浄化される錯覚に陥る。

存在するだけで、彼の周囲だけ世界の色が変わるのだ。

これが、恋による贔屓目《ひいきめ》なのかどうかはアンジェラには判別できない。

恋する当事者であるからこそ、わからないこともある。

――でも、ダメ。この恋を貫いて死ぬのは回避するって決めたでしょう？

「アンジェラ、図書館はどうだった？」

部屋に入ってきたタイガが、無表情に問うてきた。

その無表情には覚えがある。

彼は婚約してからずっと、アンジェラに対して塩対応を徹底してきたのだ。

むしろ、婚約破棄を提案したあとの情熱的な姿のほうが、知らない男に思える。

「ご存じだったのですね。とても魅力的な場所でした。世の学者たちが、ファディスティアの王宮図書館の入館証を欲するのも当然ですわね」

膨大な蔵書と、少数精鋭の司書たちは、ちょっとした本好きのアンジェラですら、かなり心躍るものがあった。

王太子の婚約者としてふさわしい態度を心がけて返事をすると、彼が「そうか」と言葉少なに微笑んだ。

――ほ、微笑むですって……？　あの絶対零度の無表情な、タイガ殿下が⁉

そもそも、今の大きな問題はデッドエンドよりもタイガにある。

十四年もの間、アンジェラのことを無視しつづけてきた彼が、なにゆえ今になって唐突に溺愛してくるのか。

いや、さらに遡って彼がアンジェラを無視するようになった理由はなんだったのか。

初対面のときには、そこまで嫌われた感じはなかったと記憶している。

――いつから、タイガはわたしへの関心を失ったのかしら。

アンジェラには気づけなかった何かのタイミングで、彼は婚約者に見切りをつけた。

だからこそ、以降ほとんどふたりの間に会話はなかったのだろう。

「そうか。楽しんでもらえたようでよかった」

右手をフロックコートのポケットに入れたタイガが、そっと白いハンカチを取り出す。

ハンカチそのものではない。

そこに何かを包んでいるようだ。

「頭を使うと疲労するだろう。甘いものをもらってきた」

「え……」

嬉しい、ありがとうございます、と言いそうになって、それは『アンジェラ』らしくないと両手で口元を押さえる。

けれど、ほんとうに自分は『アンジェラ』らしく振る舞う必要があるのだろうか。

——婚約破棄を狙うなら、いっそのことタイガがわたしと結婚したくないと思うような行動を取ったらいいいんじゃない？　王太子妃にふさわしくあろうとしていたアンジェラじゃないほうが、王宮を追い出される確率が上がる……！

「わたし、甘いものよりも子猫がほしいんですの」

即座にあえてずうずうしい言葉を選ぶ。

王太子がわざわざ持ってきてくれたお菓子を前に、それを無下にする発言だ。

彼が怒ってもおかしくないのはわかっている。

これでタイガが自分を婚約者に不適応と考えてくれるなら、それでよし。

マロンを連れてくることができれば、それもそれでアンジェラにとっては嬉しい結果になる。

「ほしいものをはっきり言ってくれるのはありがたい。きみが、俺に自分のことを教えてくれて嬉しいよ、アンジェラ」

「……あ、いえ、そういう意味では……」

想像した反応と、完全にかけ離れたタイガの返答に早くもアンジェラは言葉に詰まった。

わがままな婚約者を受け入れる懐《ふところ》の深い王太子には、この程度ではなんの嫌がらせにもならないらしい。

——ほんと、タイガ殿下って推《お》せる。プレイヤーとしては、完全に推せるんだけど……！

今のアンジェラはプレイヤーではなく、悪役令嬢なのだ。

幼いころからの婚約者という立場に甘んじていては、デッドエンドを迎えてしまう。

「では、子猫を手配するとしよう。どんな猫が好みだ？」

「わたしの実家にいる猫ですわ。ほかのどの猫もいりません。わたしには、あの子だけが唯一無二の大切な猫ですので」

きっぱりと言いきると、なぜか彼はかすかに頬を赤らめて目をそらした。

彼が照れる理由はわからないけれど、伏せた睫毛の長さにアンジェラは心を奪われかける。

わかっている。

彼に恋をしているのだから、こんなふうに心臓が反応するのはおかしなことではない。

だけど、この気持ちは忘れているべきだ。

恋愛よりも生命を大切にしたい。

「では、マロンを連れてくるようこちらでどうにかしよう」

「お願いしますわ」

テーブルの上に、ハンカチに包んだ菓子が置かれる。

見れば、小ぶりのパイがふたつ。形から察するに、もしかしたら栗のパイかもしれない。

――わたしの大好きな栗のお菓子を持ってきてくれたの⁉

そういえば、タイガにマロンの名前を伝えたことがあっただろうか。

彼はなぜ、アンジェラの愛猫の名を知っているのか、不思議に感じる。

「マロンではなく、俺のことも欲してもらえたらいいのだがな」

「そ、それはどういう……」

「わからないいか？　伝わるよう努力しているつもりだが、まだ足りないようだ」

幸せそうに目を細める彼に、アンジェラは息を呑《の》む。

——足りない？　いっぱい、想いを向けてくれているのはわかる。だけど、足りないと言ったらもっと甘やかしてくれるの？

思わず理性を放り投げてしまいそうになったところで、レナが声をかけてきた。

「アンジェラさま、何かお飲み物をお持ちしますね」

「あ、ありがとう。お願いするわ」

レナが部屋を出ていくと、タイガとふたりきりで残される。

彼には聞きたいことがたくさんあるけれど、どれから尋ねようか。

「あの、タイガさま」

「なんだ？」

「どうして……」

マロンの名前を知っていたの、と尋ねるつもりだった。

けれど、アンジェラはその続きを言えなくなる。

彼がしなやかな腕を伸ばして、アンジェラを抱きしめたせいだ。

「っっ……！」

「どうして、とは？　きみに会いに来たことか？」

顔を見なくてもわかる。

婚約者なのだから、会いに来るのは当然の権利だと言いたげな声だった。

決して押しつけがましいわけではない。事実、婚約者に会うのは彼の権利だ。

——でも、質問しようとしたのはそれじゃない！

「あ、会いに来てくださるのはわたしがまだ王宮に慣れていないから、ご心配くださったんですよね？」

「それだけが理由ではない」

「では、どうして抱きしめるんですか？」

「そうしたいと思ったからだ」

布越しに感じる彼の体温は、とても暖かい。

このぬくもりは、本来アンジェラに与えられるものではなく、主人公であるエマが感受すべきものなのに。

「わたしのマロンを連れてきてくれるための、対価ということですの？」

「きみがそう思うのなら、それで構わない」

「でしたら」

とん、と彼の胸を両手で押し返し、体を離した。

「まずは、マロンを連れてきてくださらないと。よろしくお願いしますわね」

しっかりと悪役令嬢ムーブをこなして、アンジェラは心持ちふんぞり返ってみせる。

一瞬、目を見開いて当惑したタイガが、次の瞬間嬉しそうに破顔した。

「もちろんだ。アンジェラに喜んでもらうのは、俺としても本望だからな。期待して待っていればいい」

「ありがとうございます」

「そのときには、褒美のひとつも取らせてもらえるのか？」

「ほ、褒美……ですか……？」

「ああ。楽しみにしている」

その後、ひと言ふた言の挨拶を交わして彼は居室を出ていく。

扉が閉じたのを確認して、アンジェラは大きく息を吐いた。

——待って？　あんなにいきなり抱きしめてくるって、ありなの？

思わずその場にしゃがみ込んで、まだ彼のぬくもりが残る自分の体を確認する。

肋骨《ろっこつ》の内側で、心臓が大きく鼓動を打っていた。

この恋を叶《かな》えようなんて思ってはいけない。それは死に直結する。

——生きていればこそ、だもの。死んだら二度と恋はできない。だけど、生きていたらほかの誰かに恋をする未来だってあるかもしれない。わたしは、人魚姫になりたいわけじゃないから。

ここで、この乙女ゲームの世界で。

アンジェラはもう一度、生きていくことを決意した。

彼の持ってきてくれたパイをひとつ手にとって口に運ぶ。

さくり、と前歯が生地を噛み、口に入れたとたんバターの香りが鼻から抜けていく。

「……甘くて、おいしい」

それは、やはり予想どおり栗を包んだパイだった。

† † †

チチチチ、と鳥の声が聞こえてくる。

──もう朝……？　なんだか、疲れが抜けていない気がする……。

カーテンの隙間から入り込んでくる細い光を、無意識に手庇《てびさし》で遮る。

その右手に、温かくて濡れたものが触れた。

「……、マロン……？」

昨日、タイガに愛猫を連れてきてほしいと言ったばかりだというのに、そこには間違いなくトラ猫のマロンがいるではないか。

「マロン、マロン！」

アンジェラはベッドの上に体を起こし、両腕で愛《いと》しいマロンを抱きしめる。

薄布の寝間着にしっとりと猫の体温が感じられた。夢ではない。

右手に感じたのは、マロンの舌だった。

アンジェラの手を舐める子猫の仕草は、ほんの少し離れていただけでも懐かしい。

「連れてきてもらったのね。良かった。ふふ、くすぐったいってば」

腕の中でもぞもぞと動くマロンが、素肌を舐めてくる。

鎖骨にうごめく舌先に、肌が粟立《あわだ》った。

「もう、いたずらっ子なんだから」

胸に抱きしめたマロンに頬ずりしていると、コンコンと寝室の扉をノックする音が聞こえてきた。

「おはようございます、アンジェラさま」

「レナ、入ってちょうだい。マロンがいるのよ」

「ほんとうですか？　いつの間に……」

扉を開けた侍女が、驚いた様子で目を瞠る。

ディライン家まで、王宮の侍従が探しに行ったのかもしれない。

だとしたら、夜の間に働いていた誰かのおかげでアンジェラは今、マロンと一緒にいられる。ありがたい話だ。

――まさかとは思うけど、タイガ自ら出向いたなんてことはないわよね？

とりあえず、彼が自分の身分を忘れていないことを願う。

「よかったですね、アンジェラさま。王宮に来てから少しお元気がなかったので、明るい表情を見られて安心しました」

「え……？」

レナは、長くそばにいる侍女だ。

王宮まで追いかけてきてくれるほど、アンジェラを大切に思ってくれている。

——だけど、わたしが落ち込んでいるのにも気づいてくれていたの？

この世界での自分は、悪役令嬢でしかない。

いずれ王太子妃となるため、淑女らしくいようと真面目に努力してきたのが、気の強さも相まって周囲からイジワルな女性と思われている。

それなのに。

レナが、自分のことをちゃんと見ていてくれたことに驚いてしまった。

「差し出がましいことを申し訳ありません」

「あ、いいえ。そんなふうには思っていないわ。少し気落ちしていたのを見抜かれて恥ずかしくなってしまっただけよ」

「急にご実家を離れることになったのですから、いつもどおりでいられないのは当然です。アンジェラさまは、とても努力していらっしゃると思います」

さらに温かい言葉をかけられて、鼻の奥がツンとする。

ほんとうは、誰かに気づいてほしかったのかもしれない。

——ううん。レナがわたしを見ていてくれて嬉しいけど……

彼女より、もっと気づいてほしい人がいた。

彼のためだけに、アンジェラは努力してきたのだ。

だから、彼だけはわかっていてほしかった。

——悪役令嬢って、けっこうつらいね。ゲームのアンジェラもそうだった？

物語は、主人公の目線で語られることが多い。

そして多くの場合、主人公以外の人間が何を考えて行動しているかは、見えにくいものである。

かつて『紅き夜のエクリプス』をプレイしていたときの自分もそうだった。

イジワルなアンジェラのことを、ただの当て馬だと見ていた。

アンジェラにも彼女の考えがあり、人生があり、生きる意味があるだなんて、考えもしなかった。

——まあ、ゲームはそういうふうにわかりやすい悪役がいるものかもしれないけど。

自分が悪役令嬢の立場になってわかること。

モブにだって、人生がある。

今さらながら、アンジェラはそのことに気がついた。

——だとしたら、タイガさまは？

ゲームの中にいた彼は、二次元のキャラクターでしかなかったが、今のタイガは生きた人間だ。

王太子であろうと、同じ人間であることにかわりはない。

彼にも、決められた恋愛ルートとは別の感情があるのかもしれない。

そう思った瞬間、心臓がどくんと大きく跳ねる。

もしも。

誰かの作ったゲームのシナリオとは別の未来があるのなら、タイガと一緒にそれを見たいと願ってしまう。

――ダメ。そんなの、命を賭けてやることじゃない。大博打《おおばくち》すぎる。

「アンジェラさま、今日はどのドレスになさいますか？」

「……そうね。何色がいいかしら、マロン」

腕の中のマロンに話しかけると、猫は訳知り顔でこちらを見上げてきた。

何も語らないのに、いつだってマロンの瞳は雄弁だ。

――まるで、タイガさまみたい。ふふ、猫を殿下と同じに思うだなんて失礼かしら？

「タイガ殿下の髪のような、金糸の刺繍のドレスがいいわ」

「かしこまりました」

アンジェラの返事を聞いたマロンが、満足そうに胸元に鼻をすり寄せる。

――はあ、ほんとうにかわいいんだから！

レナに気づかれないよう、アンジェラはこっそりとマロンを抱きしめた。

† † †

さて、どうしたものか。

王宮のバラ園を歩きながら、アンジェラは思案していた。

ドレスの裾にじゃれるようにして、愛猫《あいびょう》が一緒についてきてくれる。

美しい花々に囲まれていても、考えることはひとつだ。

——どうやって、ここから逃げ出そう。

具体的に王宮から脱走したいわけではなく、タイガとの婚約関係を解消したいのである。

いや、それも目先の目標であって最終的なゴールは『死なないこと』だった。

「ていうか、なんでいきなり態度変えるわけ？　今までずーっとわたしのことなんて無視してきたくせに。ねえ、マロンもそう思うでしょ？」

しゃがみ込んだアンジェラは、バラ園に同化しそうなローズレッドのドレスをまとっていた。

襟元と袖口に、金色の刺繍がほどこされている。

今朝、侍女のレナと選んだものだ。

——わかってる。生き延びることが大事だった。だけど、今は……。

彼に執着されることを嬉しいと感じている自分がいるのを、否定できない。

それに、いずれ彼はエマを選ぶ。

一度愛される喜びを知ってしまったら、別れはいっそう苦しいに違いない。

――だから、わたしの気持ちは絶対に知られてはダメなの。

ため息をついたアンジェラに、マロンが鼻先を寄せてきた。

手首の内側に、小さな舌がちろりと躍る。

「疲れちゃった？　抱っこする？」

昔から、アンジェラが心からの本心を明かすことのできる相手、それがマロンだった。

マロンに話しかけるときだけは、王太子の婚約者らしく振る舞う必要がない。

だからこそ、心がやすらぎ、自分らしくいられる。

「あっ、マロン！」

太い手足のマロンは、アンジェラの手から離れてバラの生け垣にもぐり込んでいった。

「マロン、マロンったら。こんな広い庭園で迷子になったら、戻ってこられなくなっちゃうわ」

立ち上がったアンジェラが、マロンの消えた先に視線を向ける。

すでに猫の姿はなく、バラ園はそよそよと風が花を揺らす音しか聞こえない。

「マロン！」

涼やかな風の吹く広い花園で、呼びかけた声が空に溶けていく。

どうしよう。どうしたら……。

当惑するアンジェラの目の前で、ガサ、と葉擦れの音がする。

名前を呼ぶよりも先に、そこからひとりの青年がすっくと立ち上がった。

「えっ……、タイガさま？」

金色の髪を右手でかき上げ、長身の王太子がこちらを見下ろしているではないか。

——どうしてこんなところにタイガが？　それより、マロンはどこに行ったの？

「ずいぶん驚いているようだが、どうかしたのか？」

「い、いいえ。そちらが急に現れたのですから、驚いて当然ではありませんの。一国の王太子たる者、そのような態度は……」

言いかけてから、アンジェラは口を手で覆った。

つい、不真面目な貴族相手にするような説教をしてしまった。

しかし、相手はタイガだ。

彼にはこの国のどこで何をしても許されるほどの権力がある。

「アンジェラ」

タイガが、優しい声でアンジェラの名前を呼んだ。

なんと答えていいかわからず、彼に背を向けてアンジェラはうつむく。

ほんとうは、彼に嫌われるようなことをするのが正しい。

それを繰り返せば、きっとタイガも婚約を解消したくなるだろう。

頭ではわかっているのに、心が躊躇する。

理由は知っている。

この人に、嫌われたくないのだ。

――ずっと好きだった人だもの。婚約を破棄してもらいたいのであって、タイガに嫌悪されたいわけじゃない。でも、ゲームの結末を考えたら、きっとタイガはわたしのことを……

いずれかならず邪魔に思う日が来る。

彼の恋する人は、アンジェラではなくエマなのだから。

黙り込んでいると、背後でタイガが動く気配がする。

おそるおそる振り返れば、彼が長い脚で花壇を乗り越えるのが見えた。

「えっ、な、何を……？」

散策路を歩いてこちら側へ来るのだって、タイガならものの数秒というところだろうに、それすら待てないとばかりの行動だ。

「これも、一国の王太子としてはふさわしくない行動だったか？」

彼はそう言って微笑む。

琥珀《こはく》の瞳が甘やかに揺らぎ、アンジェラは一瞬で魅了されてしまった。

「俺は今、王太子としてきみの前にいるわけではない。婚約者として、ひとりの男としてここにいる」

「……っ……」

ダメ押しとばかりの発言に、完全にヤラれた。

――なんでこんなに魅力的なのよ！　離れたくなくなっちゃう！

だが、かろうじて心をぐっと押し込み、アンジェラは顔を上げる。

「そういえば、マロンを連れてきてくださってありがとうございました。あの子はわたしの心の支えなんですの。とても嬉しいですわ」

「俺よりも、アレがいいのか？」

マロンを『アレ』呼ばわりされたことに、心の逆毛がぴくりと立つ。

「人間と猫は比較できません」

ツンと顔をそむけて言い放つと、タイガが拳《こぶし》を口元に当てて思案するのが見えた。

彼の昔からの癖だ。

考えごとをするときに、軽く握った拳で口を隠すような所作をする。

「……どちらも同じなんだがな」

「何が同じなのですか？」

「いや、こっちの話だ」

以前より格段に話してくれるようになったとはいうものの、いっそう彼の謎が深まる。

人間と猫がどちらも同じというのは、彼がそういうふうに認識しているという意味だろうか。

人も猫も同じように大切にしているというならば、アンジェラも同意だ。

なんなら、あまり知らない人間よりもマロンのほうが自分にとって重要な存在だとも言える。

「ところで、バラ園が気に入ったのなら温室に案内するが」

「温室、ですか？」

「ああ。俺の母が生前、生国から取り寄せた花を栽培していたそうだ」

亡き王妃は、ファディスティアよりも南に位置する国から嫁いできた。

タイガを出産してから体調を崩し、十年ほどの闘病のあとに亡くなったと聞いている。

そのころ、アンジェラはまだ幼かったので詳しくは覚えていない。

婚約したときに、一度だけ王妃に挨拶をしたことがあった。

線が細く儚げな、優しい笑顔の美しい王妃。

「あ」

脳内で、ありし日の王妃の笑顔がひとりの女性と重なる。

エマ・グローブスだ。

素直で健気《けなげ》で優しい少女。

もしも、タイガも同じような認識でエマを見ているのだとしたら、彼が惹《ひ》かれるのは当然だろう。

――だったら、早くわたしとの婚約なんて解消してしまえばいいのに。

そうは思えど、ふたりの並ぶ姿を想像すると胸が痛い。

アンジェラは心の中で、「恋より命、恋より命」と自分に言い聞かせた。

「どうかしたのか？」

無意識に小さな声をあげていたアンジェラに、タイガが心配そうな表情を向けている。

「いえ、なんでもありません。温室は、またの機会にお願いいたしますわ」

かなわぬ恋の相手とふたりきりで過ごすのは、できるだけ避けたい。

――それに、近くにいると思いだしてしまうんだもの。

彼に触れられた日のせつなく甘い記憶が、まだ消えないままだ。

初めての快感は、きっと一生忘れられない。そんな気がする。

「それより、タイガさまはこんなところで何をしていたんですの？　急に現れたので驚きましたわ」

「きみに会いに」

しなやかな腕が、ゆるりとアンジェラの腰を引き寄せた。

――待って、困る！

ドレス越しにタイガの体温を感じて、一瞬息を呑む。

アンジェラのやわらかな髪が、風にふわりと広がった。

「タイガさま、あの……っ」

こんなふうに抱きしめないでほしいのに。

かすかに抗《あらが》う理性を、彼を欲する本能が圧倒する。

両腕で抱きしめられて、アンジェラは何も言えずに目を閉じた。

──もし、タイガさまが最初からわたしのことをずっと好きでいてくれたら、エマと出会っても何も変わらなかったの？

国が決めた政略結婚の相手ではなく、双方が選んだ恋人同士だったならば──なんて、思ったところで現実は同じことだ。

彼はエマと生きるために、アンジェラとの婚約を破棄する。

「……一国の王太子たる方が、こんなところで女性と不埒《ふらち》なことをしていては、周囲にしめしがつきません」

「相手はほかでもない婚約者だ。多少は仲良くしておいたほうが、国民も安心するだろう？」

──そのために、わたしを抱きしめるのね。

なるほど、彼の言うことに理はあった。

つまり婚約破棄を拒むのも、アンジェラを抱きしめるのも、タイガにとっては同じ理由なのだ。

結婚式を翌春に控えながら、これまでタイガとアンジェラはお世辞にも仲の良い婚約者ではなかった。

そのことを懸念する王国民を安堵させるため、彼はふたりの距離を詰めている。

「今は誰も見ていないので、親しくする理由はありませんわ」

「アンジェラは、人目につく場所でされるほうが好きなのか？」

「なっ……⁉」

反論しようと顔を上げたその先で、いたずらな光を宿した金色の瞳がじっとこちらを見つめていた。

彼の目は今まで何度も見たはずなのに。

――こんなタイガさまを、わたしは知らない……。

「俺はふたりきりのほうが好みなのだが、そういう事情なら人前に出る機会を設けよう。そうだな。ちょうど舞踏会の招待状が何通か――」

右手の拳を口元に当てて、タイガが考え込む。

そのすきに、アンジェラはするりと彼の腕から抜け出した。

「わたし、マロンを捜さないといけませんの。これで失礼いたしますわ」

返事をする時間を与えず、石畳の散策路をアンジェラは早足で進む。

振り返らなくても、背中に彼の視線を感じた。

タイガは、追いかけてはこなかった。

† † †

日が暮れるまで、レナにも手伝ってもらってマロンを探したけれど、猫の姿はどこにもなかった。

この広い王宮で迷子になったら、もう戻ってこられないかもしれない。

不安になったアンジェラだったが、夜になると居室のバルコニーからカリカリと窓ガラスをひっかく音が聞こえてきた。

そっとカーテンを開けると、そこにはまさかのマロンがいるではないか。

「マロン！　どこに行っていたの？　心配したんだからね」

朝晩は寒暖差があって冷えるけれど、猫は温かい。

抱きしめると太陽のにおいがして、アンジェラはそのままマロンを抱いてベッドに入った。

そう、そのはずだったのだが――。

翌朝目を覚ましたアンジェラは、自分の隣に婚約者が横たわっているのを見て、これ以上ないほどに目を見開いた。

「なっ……な、なっ、なんで、タイガさまがここに……!?」

上半身裸の彼が、健やかな寝息を立てている。

あるいは、これはまだ夢の中なのだろうか。

だとしたら、ひどく願望があらわになった夢である。

彼に、あの夜のように触れられたい。

心のどこかにそんな願いがあることを、アンジェラは否定できなかった。

好きな人に触れられる悦《よろこ》びを知ってしまったのだ。

なかったことにはできない。

できることといえば、せいぜいが忘れたふりをするくらいで――。

「んん……」

隣でアンジェラが起き上がったため、彼の眠りが浅くなったのか。

タイガが小さくうめいて寝返りを打つ。

その手がアンジェラの寝ていた場所に触れると、彼はハッと目を開けた。

「！」

まだカーテンの外は薄暗い。

朝と呼ぶには早すぎる、未明。

タイガはアンジェラの姿を確認すると、幸せな子どものようにやわらかく微笑んだ。

――どうして、そんな目でわたしを見るの？　そんな優しい目で。

心臓が痛いくらいに早鐘を鳴らしている。

「アンジェラ、おいで……？」

右手をこちらに向けて、タイガが寝起きのかすれた声で誘う。

「で、でも……」

――どうして、タイガがここにいるの？

「おいで。一緒に眠ろう。寒いだろう？」

これは、夢かもしれない。

現実だったら、なおまずい。

――だから、これは夢。夢なら、少しくらいはいいよね。

彼の腕に導かれ、アンジェラはベッドに戻る。

タイガが両腕でぎゅっと抱きしめてくれた。

ぬくもりが、体だけではなく心まで包み込んでくる。

泣きたくなるほど幸福なベッドの中で、アンジェラはもう一度目を閉じた。

このまま、朝が来なければいいのに。

彼のたくましい胸板に額をつけていると、自然と睡魔が寄り添ってくる。

いつしか眠りに落ちて、次にアンジェラが目を開けたのはすっかり空が明るくなったあとだった。

「おはよう、アンジェラ。よく眠れたようだな」

「……？　まだ、夢の中……」

「夢ではない。朝食を運ばせているから、そろそろ起きてもいいんじゃないか？」

優しい手が、アンジェラの黒髪を梳《す》いている。

窓の外からは鳥の鳴き声が聞こえ、廊下を歩く侍女の足音が現実を告げていた。

――え、嘘でしょ。昨晩、タイガがベッドにいると思ったけど、あれは夢じゃなかったの？

寝起きで冷や汗を覚えながら、おずおずと顔を上げる。

「おはよう」

「……おはよう、ございます」

やはり、これは現実だ。

タイガがかすかに口角を上げて、アンジェラを見つめているではないか。

――寝室には鍵をかけているはずだけど、どうしてタイガさまがわたしのベッドにいるの？　まさか、合鍵を使って……？

困惑するアンジェラの隣で、彼は幸せそうに微笑んだ。

朝陽を浴びて輝く金色の髪が、この世のものとは思えないほどに美しかった――。

†　†　†

「俺の婚約者がかわいすぎるんだが、どうすればいいんだ……ッ！」

昨夕のことである。

自室の長椅子に突っ伏して、タイガ・ファディスティアは悶絶《もんぜつ》していた。

この国の王太子である彼は、幼いころから婚約者を溺愛している。

ただし、彼女の前で一切の感情を見せないよう必死に表情筋を鍛えつづけて生きてきた。

それには理由があるのだが、とにもかくにも出会ってから十四年、今ほどアンジェラ・ディラインと素の状態で近づいたのは初めてである。

タイガは、すっかり浮足立っていた。

――まあ、俺の感情がどれほど昂《たか》ぶっていようと誰にも気づかれたことはないんだが……。

幼少期から鍛え抜かれた表情筋は、他者に心を読まれない能力を与えたもうた。

副次的に、いついかなるときも冷静沈着な王太子として王国民たちから信頼されることになったが、彼が感情を抑えていたのはただひとり、大切な婚約者のためである。

このたび、唐突に婚約者のアンジェラが婚約解消を言い出したことで、ふたりの関係が大きく変化した――ように見えるが、実際はタイガの長年の希望がかなった状態になっただけの話だ。

できることならいつだって彼女を近くで感じたかった。

早々に結婚し、朝晩に彼女の笑顔を見たいと願っていた。

もともと結婚までの辛抱だと覚悟してすげない態度をとってきたが、思いがけぬアンジェラの提案でふたりの関係を作り直す機会を得たのだ。

これを逃す必要はない。

――彼女を、誰よりも知っている。優しさも、愛らしさも、ほんとうはとても怖がりな少女のままだということも。

問題は、タイガがアンジェラを知っていると、彼女が知らない点である。

ファディスティア王国の直系王族は、開国の祖である太陽神の血と神通力を継ぐと言われていた。

古来、太陽神は人々の前に姿を現す際、美しい虎の形を取っていたという。

王国に残る伝承は、誰もが知るところだ。

太陽神の名残として人々が認識しているのは、直系王族の美しい金髪ぐらいのものだろう。

神通力については、王家に近しいごくわずかの者が知るばかり。

タイガの祖父である先々代は、猫の言葉がわかった。

現国王である父は、虎爪《こそう》と呼ばれる鋭い爪の持ち主だ。

そして、金の髪に金の瞳を持つタイガは、生まれたときから先祖がえりと言われるほど太陽神と類似している。

金の瞳は、数百年にひとりしか生まれてこない。

外見が太陽神に似ているほど、神通力は強いというのが定説だった。

タイガの神通力は、母が危惧するほどに人間離れしている。

ただし、使い道があまりに限られているため、王家ではさして問題視されてこなかった。

その能力とは、子虎に変身できること。

幼いころは、タイガの成長にしたがって虎の姿も育っていくのではないかと王族に近い識者たちが懸念していたが、成人後も幼虎にしかなれないままだった。

——俺としては、都合がいい。子虎ならばアンジェラに猫と勘違いしてもらえるが、さすがに成虎となってしまっては会いに行くこともできないからな。

そう。タイガこそが、アンジェラが愛猫と呼ぶマロンなのである。

とある事情から、タイガは婚約者の前で親しげな態度をとらないよう努《つと》めてきた。

しかし、それでは彼女のことを知る機会もない。

ならばアンジェラが王太子だとわからない姿で会いに行けばいいと、幼いタイガは安直に考えた。

あれから十四年。

睡眠時間すら削って、タイガはマロンの姿で彼女に寄り添っている。

アンジェラは人前で気を張っているせいもあってか、マロンにだけはいつも子どものころと同じように素直な心を話してくれた。

きっと、タイガでは聞き出すことのできなかった話もあるだろう。

それを考えると、彼女に真実を明かすのは悩ましいところだが、そろそろすべてを打ち明ける時期が来ていた。

——今夜こそ、アンジェラに真実を。

夜になるのを待って、彼女の部屋のバルコニーを虎の姿で訪れた。

マロンが迷子になったと思いこんでいるアンジェラは、すぐに気づいて抱き上げてくれる。

虎のときでも、意識や感覚は変わらないと思っていた。

アンジェラのやわらかな肌を知っている。そう、思っていたのに。

一度、人間のままでアンジェラを抱きしめたときに、タイガは自分が間違っていたことを知った。

彼女の腕の中に抱かれているときと、彼女を自分の腕で抱きしめるときでは、圧倒的に後者のほうが高揚する。

虎の姿ではアンジェラを守ることもできないと、あらためて感じ入った。

無論、タイガは神通力でいつでも自在に人間に戻ることが可能なので、虎でいるときに彼女に危険が迫ったら変身すればいい。

――いや、そういうことではない。言葉で説明できる感覚ではないんだ。

この腕の中にアンジェラを抱きしめる、あの得も言われぬ快楽。

愛しい人を自分のものにしてしまったような錯覚に、タイガは夢中になっていた。

だから、マロンとして同じ寝台に入ったあと、彼女が眠るのを待って人の姿に戻った。

アンジェラを抱きしめて眠りたかったからだ。

そして、目覚めた彼女に真実を告げる。そう、決めていた。


「おはよう」

「……おはよう、ございます」

寝起きのアンジェラは、自分の寝台にタイガがいることに当惑している。

困らせたいわけではないのだが、眉尻が下がっているのも愛らしい。

「あの、なぜタイガさまがわたしの寝室にいるのでしょう？　昨晩は、マロンと一緒に眠ったはずなのですが……」

「きみには伝えていなかったが、俺がマロンだ」

まずは結論を伝える。

すると、紫水晶のような美しい瞳を揺らしてアンジェラが口を開閉した。

何か言おうとしているのに、気持ちが言葉に追いつかないのだろうか。

「な、何を、そんなバカなことが……」

「王家の直系には、ファディスティア王国の開祖でもある太陽神の血と神通力が受け継がれている。俺は、歴代王子の中でも強く太陽神の力を持って生まれてきた。このことは、本来ならば婚儀が終わるまで伝えるべきではないのだが、どうしてもきみには話しておきたかった」

黒髪を右手でかき上げて、アンジェラは眉間に険しいしわを刻んでいる。

当然、こんな話をすぐに信じられないという気持ちはわかる。

だからこそ、あえて彼女の寝室で虎から人間へ戻る道を選んだ。

マロンがいなくなって、タイガが現れる。

バラ園でも布石を打っておいたのだから、アンジェラはきっと納得してくれるはずだ。

「そんなこと、信じられません。わたしを騙して、何をなさりたいのですか?」

――まあ、こういうこともある。

信じてもらいたければ、手札を明かすのが早い。百聞は一見に如かず。

「では、見ていてくれ」

「……はい。何を、でしょうか」

見ればわかる。

タイガは無言で虎の姿に変身し、呆気にとられているアンジェラの前で再度人間に戻ってみせた。

「どうだろう。わかってくれると嬉しいのだが」

アンジェラはこわばった表情のまま、頬をひくひく震わせる。

「ありえない……」

低い声に続いて、彼女が両手で顔を覆う。

「アンジェラ？」

「ありえないでしょ！　だって、タイガさまがマロンだってことは、わ、わたし、今までずっと全部さらけだして……」

愚痴も弱音も、マロンに聞いてもらってきた。

秘密にしていた恋愛小説も、膝にマロンを乗せて読んでいたくらいである。

「ああ。きみはマロンにはなんでも話してくれた。だから、離れていてもきみを知ることができた」

「そうじゃなくて！」

パッと顔を上げたアンジェラの頬は、真っ赤に染まっていた。

目には涙を浮かべ、彼女はぷるぷると両手を震わせている。

「わ、わたしを騙《だま》していたのですか？」

「アンジェラ」

「神通力のことは、結婚するまで言えない。それはわかります。王家に生まれたからには、秘する事情もあるのでしょう。ですが、子猫のふりをしてわたしの前に現れたのはどうしてなのですか？　タイガさまは、わたしをからかって遊んでいらしたんですか⁉」

彼女の言い分に、タイガは首を傾げた。

虎の姿でアンジェラに会いに行ったのは、ただ彼女のそばにいたかったからだ。

「なんでいきなり、溺愛してるふりを始めるんですか！　あなたは、ほかに好きな人がいるでしょ⁉」

「いない。俺が愛しているのは――」

タイガの声を遮るように、寝室の扉がノックされる。

なぜ邪魔をする、と思ったけれど、扉を開けて入ってきたのは朝食のワゴンを押した侍女だった。

自分が頼んだのだから、文句を言う場面ではない。

ふわ、とスープの香りが鼻先に届く。

その瞬間、顔を真っ赤にして涙を浮かべているアンジェラもまた、同じ香りを感じ取ったのが表情から伝わってくる。

彼女の長い睫毛が二度、三度、瞬《しばた》いた。

次いで、目が大きく見開かれ、唇がかすかに動く。

――ああ、なんて愛らしいんだろう。

さっきまで感情を昂《たかぶ》らせていたはずが、食事のいい香りにときめいてしまう。

そんなアンジェラの無垢《むく》さが愛しい。

もったいないのは、周囲の人間がそれを知らないことなのだが、同時に知っているのは自分だけであってほしいと願ってもいる。

タイガは強欲な自分を心の奥に押し隠し、寝台まで運ばれてきたワゴンの脇に立った。

「どちらに置きましょうか？」

尋ねる侍女に小さくうなずき、寝台横のナイトテーブルに料理を並べてもらう。

侍女たちが去っていったのを確認してから、タイガは寝台に腰を下ろした。

「アンジェラ、さあ、こちらへ」

「はい……？」

疑問を瞳に浮かべながらも、彼女は素直にタイガのほうに体の位置をずらす。

「まずは温かいスープから。これは少々熱すぎるかもしれないな。吹いて冷まそう」

「えっ、タイガさま、何を……」

「はい、あーん」

スプーンでひとすくい、タイガは静かにスープを吹き冷ました。

「なっ……!?」

高速でまばたきを繰り返し、アンジェラが困惑に言葉を詰まらせる。

「自分で食べられます」

「俺は食べさせたい」

「っっ……」

真面目な彼女は、王太子に反論してはいけないと考えているに違いない。

ならば、こちらはその機を逃さず、あえて今スプーンを彼女に向けていこう。

頬を染めて目を伏せるアンジェラの恥じらいは、得も言われぬほどに甘美なのだから。

「こ、こんなこと、今までなさらなかったじゃありませんか……」

「そうだ。だから、これからはしていこう。口を開けて」

「う……無理です。恥ずかしいです」

「ほかの誰にも見せない姿を、俺だけに見せてごらん、アンジェラ」

若干、恨みがましさを込めた眼差しをこちらに向けて、彼女が小さく口を開いた。

そこに優しくスプーンを差し込む。

こぼさないよう慎重に、アンジェラがスープを飲み込んだ。

——今すぐ抱きたい。奪いたい。味わい尽くして、すべて俺のものにしたい。

湧き上がる欲望を、タイガはかろうじて胸に押《お》し留《とど》める。

「おいしいか？」

「……お、いしい、です……」

今にも消え入りそうな声は、いつものアンジェラとは違っていた。

しかし、マロンとして接している中で、彼女の控えめで恥ずかしがり屋で内向的な姿は、いくらでも見てきている。

こういう一面があることを、タイガはよく知っているのだ。

「きみとふたりで朝食を楽しめる。こんな朝を俺は待っていた」

「どういう意味ですか？　今まで、あれほどわたしにすげなくなさっていたのに」

「結婚が間近になった今、きみのほうを見ないふりなんて、もうしなくてもいいだろう？」

本音をそのまま口にしたのだが、なぜかアンジェラはきょとんとしている。

なんなら、理解が追いついていないそうにも見えた。

彼女は、婚約者であるという事実はわかっていても、自分がタイガに愛されている認識はないのだろう。

――気づかれないようにしてきたのは俺のほうだが……。

それを踏まえた上で、少しばかり寂しいのも事実だ。

マロンのことはあれほど愛してくれているのに、なぜ婚約者の気持ちを見てくれないのだ。

じっと彼女を見つめてみると、アンジェラは難しい顔をして考え込んでいる。

こんな表情も、今までは見られなかった。

愛玩動物と婚約者は、同じ距離でも違う世界が見えるらしい。

彼女の口元に、ちぎったパンを運んでみる。

すると、思案顔のままでアンジェラが口を開けた。

何も言わずにパンを咀嚼《そしゃく》し、飲み込む。

――悩んでいるのに、差し出されると食べる。かわいらしすぎるのでは？

そうして朝食の半分ほどが、アンジェラの胃におさまったところで、可憐な唇の左脇にパンくずがついているのに気づく。

タイガは顔を寄せて、それをぺろりと舐め取った。

「なっ……!?　タイガさま、何を……！」

「ああ、やっとこちらを見てくれたか。きみは昔から俺が近づくと緊張することが多かったが、今はもう違う。そうだろう？」

「え、えっと、それはいったいなんの話ですか？　というか、なぜキスのようなことを……！」

「今のは、口元についたパンを取っただけだ。気にしなくていい」

「気にするなと言われても……」

ほんとうに、なんと愛しい人だろう。

――絶対に、きみを離すつもりはない。諦めて、俺に愛されてくれ。

タイガは婚約者を抱きしめたい気持ちを、懸命にこらえてスープをスプーンですくった。

「きみが成長してくれて嬉しいよ、アンジェラ」

……………—……………—……………


明るい陽射《ひざ》しが王宮に降り注ぐ。

水と緑が豊かなファディスティア王国の、もっとも景観麗しき場所に建てられた宮殿である。

国内随一といっても過言ではない、その美しい中庭の四阿《あずまや》で、アンジェラはひとり、どんよりと重い空気をまとっていた。

——マロンがタイガさまだったなんて、ありえない……！

今朝の衝撃的な告白と変身により、午前中の記憶はほぼ失われている。

人間は、あまりにショックなことが起こると目を開けて会話をして、なんなら食事をしていても、意識がない状態に陥るらしい。

愛猫——いや、そもそもマロンは猫ですらなく虎だったということだ。

考えてみれば、猫にしては手足が太かった。

そういう種類の猫なのだと思い込んでいたものの、子虎と言われたほうがしっくり来る。

アンジェラがいないと姿を見せないというレナの話も当然だ。

あれはただの猫ではなく、人間の思考力を持った生物だったのだから。

──直系王族は魔法を使えるだなんて、そんなチートってありかな？　いくらなんでも、ひどいゲームバランスだと思うんだけど！

今さら文句を言ったところで、どうなるわけでもないのは知っている。

「無理、恥ずかしすぎる……」

大理石のテーブルに突っ伏して、艶やかな黒髪をかすかに波打たせた。

こんな姿、絶対に誰にも見られるわけにはいかない。

国中の皆から羨望のまなざしを向けられる王太子タイガ。

その婚約者であるアンジェラは、彼の隣に立つにふさわしい自分となるため、ひたすら努力をしてきた。

──その結果、生真面目すぎて悪役令嬢扱いになるだなんて、ほんとうにアンジェラってかわいそう。努力の方向性が間違っていたって、タイガさまに恋していたのは事実なのに。

しかも、そのタイガにすら偽《いつわ》られていたのである。

彼には彼の理由があったのだろう。

婚約者といえども、王族ではないアンジェラに明かせないのもわかる。

なにせ、王太子は虎に変身できるだなんて、あまりに突拍子のない話だ。

迂闊に耳にしたら、たいていは笑って済ませてしまうに違いない。

アンジェラだって、マロンという動くことのない証拠を知らなかったら、彼の話を信じたかどうかあやしいものだ。

——わたしの、かわいい、マロン……。

思い出す姿は、腕の中でアンジェラのデコルテに鼻先をすり寄せてくる愛猫である。

「……待って」

むくりと顔を上げ、アンジェラは四阿でひとり、眉間に深くしわを刻んだ。

——あのマロンがタイガさまだったというのなら、つまりわたしはタイガさまを抱っこして、胸を押しつけていたということに……⁉

脳内に、あられもない姿が想起される。

デレデレになって「かわいいねー」と言いながら、無表情のタイガを抱きしめて撫《な》で回《まわ》す自分の姿だ。

「ありえないっっ！」

両手で頭を抱えると、黒髪をかきむしりたい衝動をぐっとこらえた。

そんなことをしても過去は消えないし、頭皮が傷むし、王太子の婚約者が奇行に走ったと周囲におかしな噂《うわさ》を撒《ま》き散《ち》らすことになる。

——タイガさまが言えなかったのはわかってる。王家の秘密ですもの。でもね、だったらあの姿でわたしのところに会いにこなくていいじゃない？　マロンを知らなければ、そもそも騙されることだってなかったのよ！

まったくもって、彼の言動が理解しがたい。

そういえば、これまでアンジェラに冷たくしてきたのにも何か理由があるような素振りで話していたけれど、それについての説明はまだなかった。

いや、彼は説明しようとしてくれていたのかもしれない。

アンジェラのほうに、彼の言葉を聞くだけの脳の余裕がなかったのである。

「……どうしたらいいの？　これ、ほんとうにわたし、生き延びるルートってある……？」

すでにここは、自分の知る『紅き夜のエクリプス』とは違う世界に思えてきた。

──いったん整理しよう。エマとタイガさまがハッピーエンドになった場合、わたしが婚約者として立ちはだかることが問題になる。だったら、前もって婚約破棄できなくても彼らの恋愛成就を受け入れて、応援すると宣言するのはどうかしら？　あ、でも、タイガさまは誠実だから婚約者のいる身でエマに愛の告白をするわけにはいかなくて……。

「──ジェラさま、アンジェラさま」

「だとしたら、やっぱり婚約をどうにか……」

「アンジェラさま！」

「はっ、はい⁉」

何度も呼びかけられていたのに気づかず、レナの大きな声にアンジェラはビクッと肩を震わせた。

令嬢らしからぬ返答だったかもしれない。

数少ない味方であるレナに怪しまれては困ると、アンジェラは努めて落ち着いた風を装ってゆっくり立ち上がった。

「レナ、そんな大きな声を出して、どうかしたの？」

しかし、四阿を訪れたのはレナだけではないらしい。

侍女の背後に大きな目の可憐な少女が立っているではないか。

――エマ、どうして王宮に？

「失礼いたしました。エマ・グローブスさまがアンジェラさまをお訪ねでしたので、ご案内させていただきました」

「そう。ありがとう、レナ」

心臓がドッドッと激しく活動する。

エマとは、タイガの誕生日以来会っていない。

あの日、アンジェラの乗った馬車とエマの乗った馬車がぶつかった。

――ゲームではそれをきっかけに、タイガとエマが親しくなる。もしかしたら今日ここにいるのって、タイガに会いに来たの……？

「アンジェラさま、先日はたいへん失礼いたしました。お怪我などありませんでしたか？　わたし、ずっとそのことが気がかりで、ディライン家にご連絡したんです。そうしたら、アンジェラさまは王宮にお住まいになっていると聞いて、居ても立っても居られずに押しかけてしまったんです」

キラキラの瞳をしたエマが、アンジェラのもとへ駆け寄ってくる。

――ん？　んん？

タイガに恋する令嬢とは思えない。なぜだろう。

むしろ、エマの口からはタイガの『タ』の字も出てこない。

いっそアンジェラのことばかり気にしているように見えるが、そういうところが彼女のヒロイン力なのか。

「わたしは無事ですわ。あなたのほうは大事ありませんの？」

「お気遣いありがとうございます。わたしは元気です」

無邪気なエマがニコニコしてこちらを見つめている。

さて、この場合、せっかく自分を心配して王宮まで来てくれた彼女をもてなすのは当然だろう。

お茶に誘って、しばし歓談をして――。

――タイガさまとの関係を、それとなく遠回しに聞いてみてもいいかもしれないわ。ふたりの進行具合を知ることで、自分がどうすべきかを判断できる！

「レナ、お茶の準備をしてもらえる？」

「はい、かしこまりました」

「よろしければお座りになって。エマ、あなたとお話がしたいわ」

アンジェラの言葉に、エマがぱあっと表情を明るくした。いや、彼女はそもそもいつだって明るく健康的で可憐な少女なのだが。

「気をつけてください、エマさま」

彼女のそばに仕える侍女が、小声で耳打ちするのが聞こえてきた。

悪役令嬢として名高いアンジェラとお茶だなんて、と思っているに違いない。

――もしもーし、聞こえてますよー。さすがに、わたしがほんとうの悪女だったら問題になる発言だと思うんだけど？

「あっ、そうね！」

侍女の発言に、エマが大きくうなずいた。

まさか、侍女の言葉にしたがってアンジェラとお茶をするのはまずいと判断したのか。

「せっかくお茶に誘っていただいたのですが、わたしったら急いで駆けつけてしまいまして、お土産を準備していないんです。今から、何か手配してまいりますので少しお待ちいただけますか？」

――おみやげ……？

まったく予想外のところから飛んできたパンチに、アンジェラは思わず二度見する。

たしかにお茶会に参加するときは、何かしらの手土産を持ち寄るのは礼儀だろう。

だが、今回はそういう話ではない。

「何もいらないわ、エマ。今日はわたしを心配して来てくださったんでしょう？　でしたら、お土産なんて必要ありません。あなたはいてくださるだけでいいのよ」

なるべく言葉を選んだつもりだった。

しかし、それでもエマの侍女は目を吊《つ》り上《あ》げていた。

アンジェラ・ディラインはよほどこの国で嫌われているに違いない。

「ありがとうございます、アンジェラさま。では、本日のところはお言葉に甘えさせていただきます。だって、今からお買い物に行っていてはお茶が冷めてしまいますものね」

ふふ、と笑うエマのかわいらしさに、同性のアンジェラも思わずきゅんとしてしまった。

同時に、自分との相違に悲しくもなる。

エマのように愛らしい女性に生まれていれば、悪女として名を馳《は》せることはなかったのに。

「どうぞお座りになって」

「はい！」

ふたりのお茶会には、王宮の厨房《ちゅうぼう》で作られた焼き菓子がたっぷりと運ばれてきた。

レナの指示によるものなのか、栗の入ったタルトも準備されている。

いつもなら、栗を使ったお菓子に気分が上がるけれど、今日ばかりは単純に喜べない。

栗＝マロンを思い出してしまうのだ。

「――それで、アンジェラさま。急に王宮にお住まいになられたのは、殿下との仲を深めるためなのですか？」

唐突な質問に、紅茶のカップを落としそうになった。

なんとかソーサーに戻し、アンジェラは小さく咳払いをする。

「特にそのような理由ではないわ。婚儀が近くなってきたため、王宮での作法を覚えるように、との意味だと認識しているけれど……」

少しばかり罪悪感がある。

真実は、婚約破棄を申し出たため軟禁されている、なのだから。

――そうよ。どちらかといえば、タイガさまとわたしは冷めた仲であることをアピールしなくては！

そうすることで、エマの邪魔をする気がないとわかってもらわなくては。

「でも、タイガ殿下はこの婚約をどう思っていらっしゃるかしらね。もしかしたら、ほかに想う方がいらっしゃるのでは――」

「そんなわけありません！」

エマが、アンジェラの言葉を遮った。

彼女らしくない勢いに、つい体を引く。

テーブルに手をついて身を乗り出すエマは、真剣な目をしてこちらを見つめていた。

「殿下は、アンジェラさまのことをとても大切に想っていらっしゃいますよ」

「……タイガさまの気持ちが、なぜあなたにわかるのかしら？」

感じの悪い言い方になってしまった。

だが、エマがタイガと心を通わせているのなら、タイガがアンジェラを想っているだなんて言われたくない。

彼女が天真爛漫《てんしんらんまん》な性格だと、アンジェラもわかっている。

悪意があって言ったことではないのだろう。

真実、エマの目にタイガがアンジェラを想っているように見えていた場合、彼女はタイガをずっと見つめていたのだろうか。

――これは、嫉妬だ。わたし、エマに嫉妬してるんだ。自分よりもタイガさまを知っているみたいに言われて、勝手に悔しくなってる。

アンジェラは、ずっとタイガに冷たくされてきた。

誕生日の大広間で、エマと笑い合って話していたタイガ。

あんな優しい表情を、彼はながらく自分に見せてくれなかった。

――わたしにだって、タイガさまの気持ちなんてわからないのにね。エマが彼と親しい素振りを見せたら嫉妬するだなんて、勝手なのはわたしのほうだわ。

「ごめんなさい。言い方が――」

「アンジェラさまも、やっぱり殿下のことを愛していらっしゃるのですね！」

彼女を不快にしてしまったと思い込み、反省し、謝罪しようとしたアンジェラに、相手はまったく動じることなく紅潮した頬で話しかけてくる。

――んんん？

「あっ、ごめんなさい。愛していらっしゃるとしても、わたしにお答えくださらなくていいんです。

だってそれは、タイガ殿下とアンジェラさまの恋物語ですもの」

「あの、エマ？」

「ああ、なんてステキなんでしょう。憧れていたラブストーリーそのものです……！　実はわたし、こう見えて恋愛小説が大好きなんです」

こう見えて、の意味がわからないものの、アンジェラは気圧《けお》されながらうなずいた。

なぜなら、アンジェラもまた恋愛小説を愛する人間だからだ。

今だけはエマと気が合いそうだと思える。

――でも、ごめんね、エマ。あなたは明かしてくれたけど、わたしが恋愛小説愛好家なことはどうしても言えないの……！

もっと親しくなったら、いつか話せる未来もあるのだろうか。

「だから、わかります。タイガ殿下がどんな瞳でアンジェラさまを見つめているか……」

「……そ、そうなの、ね」

反論する気力も失《う》せるほどに、エマは恍惚《こうこつ》の表情で語ってくれた。

思っていたよりも、エマは天然寄りの性格なのだろうか。

「アンジェラさま！」

テーブルの上に置いていた右手を、彼女がぎゅっと握りしめてくる。

――何？　なんなの？　もうこの子、ちょっと怖いんだけど！

「わたし、応援します」

「何を？」

「タイガ殿下とアンジェラさまのカップルを、応援しています」

狙っていた結末とは、反対のことが起こってしまった。

タイガとの関係がうまくいっていないとアピールしたかったのに、これでは逆効果ではないか。

――なんで、わたしとタイガを応援する必要があるの？　いや、ぜんぜん理解できそうにない。

「応援していただく必要はないと思うの。あなたは、あなたの気持ちを優先してくださらない？」

「優先してます。その結果が、おふたりを応援するってことなんです！」

「そうではなくて……」

「理由を気にしていらっしゃるんですね。でも、それは今は申し上げられません。いずれ、かならずお話しします。ですから、どうか安心してください」

不安しかない。

この場合、へたをすれば「悪女アンジェラが心優しいエマの恋路を邪魔し、自身の結婚に協力させた」くらいの噂を立てられてもおかしくないのだ。

――どう言って断ったらいいの？　それとも、彼女の応援を断るのも失礼ってこと!?

懊悩《おうのう》するアンジェラの表情筋は、ぴくりとも動かなかった。

ここで、困った顔のひとつもすればいいとわかっている。

察してほしい、気づいてほしい。

そんなかわいい隙を見せれば、アンジェラの弱さは相手に伝わるのだ。

だが、清く正しく美しく、そして強くあらねば王太子妃にはふさわしくないと考えて生きてきたアンジェラにとって、弱みを見せるなんて考えは毛頭ない。

「っっ……、あんまりではありませんか！」

そこに割って入ったのは、エマの連れてきた侍女だ。

最初から、彼女はアンジェラに対していい感情を持っていなかったと見える。

だからといって、公爵令嬢であり王太子の婚約者であるアンジェラに対して、いち侍女が不満をあらわにするのはよろしくない。

――わたしだって、何も言いたくないの。だけど、こういうのって放置するとそれもそれで問題になるのよ！

「あら、何があんまりなの？　わたしの応援は邪魔ということ？」

「そうではありません。ただ、エマさまのお気持ちを考えると、その……」

「わたしの気持ちって？　わたしはアンジェラさまにマナーを教えていただいたころから、ずっと尊敬しているのよ？　これからも応援していくに決まっているわ！」

「………余計なことを申しました」

アンジェラが何も言わなくとも、無自覚なエマがすべてを丸く収めてくれた。ありがたい話では、ある。

――だからって、そこの侍女、わたしを睨《にら》むのはやめてください……！

今のふたりの会話から、侍女は少なくともエマとタイガが結ばれるのを願っていると伝わってきた。

アンジェラだって、ふたりの未来を応援したい。

そのために、さっさと婚約者の座を返上したいのだ。

「とにかく、いずれかならずアンジェラさまにお話しします。そのときまで、わたしはおふたりの味方だと知っておいてくだされば嬉しいです」

「え、ええ、わかったわ」

記憶を取り戻すということは、何も知らなかったころには決して戻れないことを意味する。

前世を思い出してしまったアンジェラが、ただの悪役令嬢――正しくは生真面目すぎて嫌みに思われてしまう世間知らずの自分のメンタルで会話をすることはできないのである。

――以前のわたしなら、きっと違う返答をしたと思う。エマの侍女に対しても、立場をわきまえるよう促しただろうな。

その相違を誰にも気づかれないまま、そっとファディスティア王国から離れられるのが理想だ。

国を出るにしても、国外追放と自分から留学等で出国するのはまったく意味合いが変わってくる。

死にたくない。死んだも同然の人生を生きるのも嫌だ。

――わたしは幸せになるために、生きる！

†　†　†

エマが帰っていったあと、アンジェラはレナとふたりで居室へ戻った。

その道中で、侍女たちが階段掃除をしながら話しているのが耳に入る。えてして、王宮の侍女というのは噂好きらしい。

「ねえ、グローブス家のエマさまが王宮にいらしてたの、知ってる？」

ぴくり。

アンジェラは、かすかに眉を上げた。

「もちろん！　かわいらしい方よね。あんな方がタイガ殿下の婚約者だったらよかったのに」

「それは無理よ。だって、エマさまってもとは市井の出なんでしょう？　いくら侯爵家のおじいさまおばあさまが養女に迎えたとはいえ、王族の方は幼いうちに婚約なさるんだもの」

「そうね。だから、あんなイジワル令嬢がタイガ殿下の婚約者なのよ」

――悪かったわね。あなたたちの言うイジワル令嬢がここにいますけど！

望んでしていることではないが、アンジェラは立ち聞きしている状態だ。

ここは黙ってやり過ごそう。そう思った。

「今日もエマさま、いじめられていたんじゃないかしら」

「誕生日の馬車の事故、ひどかったわよね。わざとエマさまの馬車にぶつけたに決まってるわよ」

アンジェラは御者に何も命じていない。

あれはただの偶然だった。

「……アンジェラさま、あの侍女たちに反論してきてもいいですか？」

レナが怒り心頭といった様子で尋ねてくる。

「ダメよ。噂くらい、自由にさせてあげたほうがいいわ」

「なぜです⁉」

「誰だって、ストレス発散する権利はあるのよ。毎日働くのはつらいでしょう？　でもね、わたしは別に傷ついてなんかいないの。あなたも気にせず、平穏な気持ちで過ごしてちょうだい」

「…………」

――レナには迷惑をかけているわね。そのうち、何か彼女の好きなお菓子でも準備して、ふたりでお茶会をしようかしら。たまには、レナにも休みが必要だわ。

ふたりは、何事もなかった顔をして廊下を歩いていく。

そのうしろ姿に気づいたのか、侍女たちの噂話《うわさばなし》がやんだ。

いっそ振り返って会釈でもしてやろうかと思ったが、そんなことをしたらますます悪役令嬢としての格が高くなってしまう。

アンジェラは、黙って居室へ向かった。

部屋の扉を開けると、テーブルの上に大きな箱が置かれている。

ご丁寧にリボンをかけてあるところから、贈り物であると判明した。

同時に、この王宮内でアンジェラに贈り物をしてくる人物なんてひとりしかいないため、タイガがくれたものだろうと推察できる。

――タイガさま、どうしてこんなにわたしによくしてくれるの？　両親だって、してくれなかったのに。

彼がどんな気持ちで行動しているのかはわからない。

だが、優しくしてもらうと感じ入る心があるのだ。

タイガに愛されていると勘違いしたくなる。

「まあ、アンジェラさま。メッセージカードがついています」

「なんて書いてあるのかしら」

「それは、わたしが代読するわけにはまいりません。アンジェラさまの大切な人からですもの」

言われてみればそのとおり。

アンジェラはレナの手からカードを受け取り、二つ折りになった紙片を開いた。

『きみの失ったものを　これで埋めることができるよう祈って　T』

「……！」

――わたしの心は、いつだってタイガさまでいっぱいだった。埋める場所なんて、ほんとうはないくらいに……。

さて、メッセージカードを見たかぎりでは、中に何があるのか想像できない。

アンジェラは両手で箱を持ち上げる。

大きさに比べて、ずいぶんと軽い気がした。

箱を開けてみると、そこには——。

「マロン！」

反射的に抱き上げるが、動作もぬくもりもない。

マロンではなく、ぬいぐるみだった。

「え、これは……」

そして気づいた。

マロンが彼だという事実は、マロンを失うことにほかならなかったのだと。

——そっか。わたしはもう、あのころのマロンには会えないんだ。

アンジェラが記憶を取り戻す以前に戻れないように、マロンの正体を知ってしまったあとには以前の無邪気なマロンはどこにも存在しない。

それを知っているからこそ、彼はこの虎のぬいぐるみを準備してくれたのだろう。

優しい人だ。そして、少しだけ残酷な人だ。

たしかにアンジェラはマロンを失った。

それによく似たぬいぐるみを探すのは大変だったろうと思う。もしくは、オーダーして作らせたものなのかもしれない。

しかし、失ったものと似たものは、結局似ているだけで別なのだ。

当然、タイガだってそれを知っているのだろう。

ぬいぐるみの虎を抱きしめて、ふわふわの手触りに少しだけ泣きたくなった。

ここにいるのは、マロンではない。

もう二度と、あのころのマロンには会えない。

――だけど、わたしが寂しがると思ってこのぬいぐるみを選んでくれるタイガさまは優しい。

「アンジェラさま、マロンにそっくりですね」

「ええ、そうね」

「タイガ殿下の愛情を感じます」

「……ええ、ほんとうに」

アンジェラは、ぬいぐるみの虎をベッドに置くことにした。

† † †

夕食から部屋に戻ると、タイガの侍女が伝言を伝えに来た。

夜に居室を訪れるから、燭台の明かりをつけて待っていてほしい――。

レナがパッと表情を明るくしたのがわかる。

アンジェラだって、彼にお礼を言いたいとは思っていたけれど、それが夜で居室だと思うと悩ましいものがあった。

――マロンになって見ていたというのなら、タイガさまはきっとわたしが思うよりもわたしのことを知っているんだわ。

彼と、その件について話をすべきだ。

なぜ彼がマロンとしてアンジェラのそばにいたのか。

なぜ彼は、突然アンジェラに振り向いてくれるようになったのか。

あるいは、なぜ彼はこれまでアンジェラに冷たくしていたのか。

勝手に想像して恥ずかしくなったり、せつなくなったり、裏切られた気持ちになるのは、もうやめにしよう。

――顔を見て話せば、真実がわかるかもしれない。そう。わたしたちは人間なのだから、会話で解決すればいいのよ。

いつもより早めに入浴を済ませ、レナたち侍女に髪を乾かしてもらい、アンジェラは寝間着にガウンを羽織って彼を待つ。

長椅子に座る膝の上に、ぬいぐるみの虎を抱きかかえていた。

話したいことはいろいろあるけれど、最初にお礼を言いたかった。

侍女たちが部屋から去って二十分もしないうちに、廊下を歩いてくる足音が聞こえてきた。

コンコン。

慎重なノックの音に続いて、

「アンジェラ、俺だ」

タイガの声が鼓膜を震わせる。

「どうぞ。お入りになってください」

テーブルには、果実水の水差しとグラスがふたつ。

タイガが訪れるのを知ったレナが用意してくれたものである。

「アンジェラ、……っ！」

室内に足を踏み入れたタイガが、口元に拳を当てて顔をそむけた。

彼のくれたぬいぐるみを持っていることが、何かおかしかったのだろうか。

「あの、タイガさま、どうかされましたか？」

「……っ、かわいすぎる！」

——ん？　なんて？

その場にしゃがみ込んだタイガが、たまらないとばかりに両手で頭を抱える。

「俺の婚約者があまりにかわいすぎて、どうにかなってしまいそうだ」

発言から考えると、すでにどうかしているのだが。

「そうか。きみがマロンを抱いている姿は、そんなに愛らしいものだったのだな。俺の目線からは見えなかったが――」

「タイガさま」

「失敗だった。鏡に映った姿を見ておくべきだった。きみが俺を抱いている姿を、この目に焼きつけて――」

「タイガさま！」

彼のおかしな言動に、アンジェラは頬を赤らめている。

長い脚を器用に折りたたんだ格好で、タイガがしゃがんだままこちらに顔を向けた。

どうしようもないほどに、美しい人。

太陽神とみまごう金色の髪も、憂いと意志を感じさせる金の瞳も、形良い唇も、精悍《せいかん》な輪郭も、すべてがアンジェラの目を奪ってしまった。

「ああ、失礼。つい取り乱してしまった」

「い、いえ。このぬいぐるみ、ありがとうございます。とてもかわいらしいですね。それに、マロン……に、よく似ています」

マロンの名を呼ぶときに、少しのためらいがあるのは仕方がない。

何しろ目の前にマロンだった人がいるのだから、なんとも不思議な話だ。

――だからって、マロンを『マロンさま』って呼ぶのもヘンだもの。

「気に入ってもらえたなら嬉しいよ」

立ち上がったタイガが、長椅子の隣に腰を下ろす。

座面が沈む感覚で、アンジェラはかすかに身構えた。

距離が近すぎて、目を見て会話をするのが難しいのではないだろうか。

何より、彼の肌から漂う石鹸《せっけん》の香りに緊張してしまうのだ。

――タイガさまもお風呂に入ってから来たんだ。

彼もまた、アンジェラと同じく寝間着にガウンを着用している。

これではまるで、夜をともにするためにアンジェラの部屋にやってきたように周囲が誤解するのでは――。

「アンジェラ、ほんとうはもっと早くにふたりで話したかったんだが、今日は一日忙しくて遅くなってしまった。申し訳ない」

「……お時間を割いていただき、ありがとうございます」

「きみはさっきから、お礼ばかりだな」

目を細めて、タイガが甘く破顔する。

――わたしの知らないタイガさま。エマと話すときに、彼はこうして微笑んでいたけれど……。

心臓が、ふたりきりの時間を意識して鼓動を速めた。

それを知られたくなくて、アンジェラは長椅子の上でじりじりとタイガとの距離を広げる。

「わたしも、タイガさまと話したかったのです。まずは、タイガさまの話を先に聞かせてください」

「それは難しい」

「？　なぜで——きゃぁッ」

尋ねるよりも先に、アンジェラの体が長椅子の上に押し倒される。

——ちょっと待って。話をしにきたんでしょう⁉

抱きしめていたぬいぐるみが、絨毯の上に転がった。

「なぜって、きみにキスしたくて我慢できそうにないからだ」

唇が重なりそうになって、アンジェラは自分の口の前に右手を持ち上げる。

手のひらにタイガの唇が触れて、しっとりとした柔らかさに息を呑んだ。

キスを防ごうとしたのに、唇で感じるよりもいっそう彼を感じてしまう。

「アンジェラ、手をどけてくれ」

「っっ……、そこで、話さないでください」

——手のひらがくすぐったい！

「では、きみが手をどけるんだ。そうすれば、キスができる」

「……ダメ、です」

「駄目じゃない。俺たちは婚約者だろう？」

そんな理由でくちづけを交わすのではなく、好きな人と心が通ったときにしたい。

――だけど、その相手はわたしにとってはタイガで、タイガにとっては……。

「俺は、どうにも言葉が足りない。きみといると、特にそうだ」

「わたしには、話すことがないということですか？」

「違うよ。きみの前では、感情を出さないようにしてきた。きみの心を乱さないよう、話しかけるのも極力控えていたんだ」

今まで聞いたことのない話だ。

突拍子もない彼の事情を耳にして、アンジェラは目を瞬いた。

「どうして……？」

「きみは、俺といるといつも緊張していた。その結果、失敗して落ち込んでいただろう？」

幼いころのアンジェラは、彼の言うとおり緊張しがちな子どもだった。

そのことを両親に叱られては、ひとりで泣いているとどこからともなくマロンが姿を見せる。

――そうだ。わたし、マロンにだけはいつだってほんとうの気持ちを話していた。王太子さまの婚約者として、ふさわしい淑女になりたいのに、って……。

「婚約したからには、少しでもきみの力になりたいと思った。だが、俺が近づくほどにアンジェラを困らせる。だから、俺はきみに対してなるべく影響を与えない行動を心がけるようになった」

「……っ、ほんとうに……？」

「ああ、ほんとうだとも」

しかし、その結果、アンジェラはタイガに愛されていないと感じている。

かすかに疑いの眼差しを向けたのに気づいたのか。

タイガが目だけで微笑む。

口はアンジェラの手に覆われているのだから、仕方がない。

「俺がどんなにきみにすげなくしても、幼いきみはめげることなくしっかりと王太子の婚約者らしい人物になる努力をしてきてくれた。そのことを、どれだけ嬉しく思っていたか、伝えたことがなかったね」

「で、でも、マロン……は、聞いていたでしょう?」

「そうだ。聞いていることしかできなかった。けれど、もしきみが俺との婚約を嫌がるような素振りを見せたら、婚約から解放してあげることも考えていたんだ」

さっきから、衝撃的な告白が続いている。

アンジェラは、ただ驚くばかりで相槌《あいづち》すら忘れていた。

「きみは、ただ一途に努力を続けてくれた。生真面目ゆえに、倫理的な態度を取れば取るほど周囲から誤解されていくのも知っていたよ」

――わたしが、悪女扱いされていることをタイガさまは知っていたんだ。

「それに、俺がきみとの婚約を不満に思っているという噂もあった」

「……そう、ですね」

「おかしなものだな。俺にとって、愛する人はきみしかいないというのに」

再度、彼がアンジェラの手のひらに唇を押し当ててくる。

「なっ……何を言っているんですか！　だってあなたは……」

――ほんとうは、エマを想っているんじゃないの？

胸が苦しい。

彼の率直な愛情の言葉に、心が詰まる。

わたしもあなたを想っています、と今にも言葉が口から飛び出してしまいそうだった。

「きみの疑問に答えたい。そして、俺の気持ちを知ってほしい」

どうして、と心が騒いだ。

目の前にいるタイガの言葉を信じたい。

彼が自分を愛してくれているだなんて、今まで考えもしなかった。

こんな日が来るのならば、誰にどんな誤解をされてもいい。

好きな人に、好きだと言われる。

これほどの幸福があるだろうか。

「アンジェラ、なんでも訊《き》いてくれ。すべて答える」

「……だ、だったら、まずは体を起こしてください。こんな格好では落ち着いて話せません」

「それもそうだね」

長椅子の背もたれに手をかけて、彼は身軽に長身の体を起こした。

アンジェラもそれに続いて、上半身を起こす。

一度立ち上がって、足元に落ちたぬいぐるみを拾った。

「隣においで」

長椅子に座り直したタイガが、右手をこちらに差し伸べている。

——この手を取ったら、戻れないかもしれない。

彼との婚約解消を望む気持ちを、捨ててしまう。

まだ生存ルートが確立されたわけではない。

エマとタイガの縁談を望む者もいるだろう。

——タイガさまが、このあとエマに心惹かれる未来だってありうるのに。わかっていても、わたしは……。

彼の手に、自分の手を重ねた。

アンジェラにとって、自分という存在がバッドエンドを待つだけの悪役令嬢ではなく、大好きな人の隣にいられる貴重な時間なのだから。

「やっと、こうして並んで座ることができる。嬉しいものだな」

互いの太腿《ふともも》がかすかに触れていた。

もちろん、布越しなので素肌で感じるのとは違う。

「アンジェラ、今はまだ気持ちの整理がついていないみたいだね」

「そう、かもしれません。わたし、その……」

あなたに愛されているなんて、考えたこともなかったので――。

さすがに、口に出すのがはばかられる。

タイガの語る愛情が、彼のほんとうの気持ちだと思えたからだ。

「だったら、もう少し落ち着いてから話すことにしないか？」

「で、でも」

「今夜は、きみの緊張をほぐしたい」

大きな手が、洗ったばかりの黒髪を優しく撫でる。

思わず頬を寄せたくなった。

――それじゃまるで、マロンみたい。あの子はいつも、わたしの手や足首、胸元や喉元にも頬ずりしてきたわ。

無論、そのマロンはタイガだったわけで、それを考えると含羞に頬が熱くなる。

「駄目かな？」

「……ダメでは、ないです」

「だったら、場所を移動しよう」

不意に、力強い腕で抱き上げられた。

反射的にアンジェラは彼の首に抱きつく。

目線が急に高くなったので、驚いて声も出なかったのだ。

「アンジェラ、そうしていつでも俺にしがみついていてほしい」

――タイガさま、それってどういう意味？

「俺はいつでも、きみを抱きしめたかった――」

夜の居室を、彼が横切る。

アンジェラを抱き上げたままで、寝室の扉を開けて。

帳《とばり》の下りた王宮に、甘い夜の予感が広がっていく――。

† † †

「んっ……、あ、あ、そこ……っ」

「気持ちいい？」

「は、い……！」

ベッドに仰向けになり、アンジェラは枕にしがみついた。

あらわになった両のふくらはぎが、ひく、ひくんと震える。

「や、ダメ……！」

「ここは、よくないのかな？」

「違うの。気持ちよすぎて……」

がくん、とアンジェラはベッドの上で頭を枕に落とした。

「どうして……」

「うん？」

――どうして、一国の王太子がこんなにマッサージできるの⁉　うますぎるんだけど！

アンジェラの使っている寝室のベッドにて、タイガはひたすら背中から足先までのマッサージをしてくれている。

最初は触れられるのに困惑と恥じらいを覚えたが、気づけばアンジェラは彼の手の虜《とりこ》になっていた。

たしかに、いつも彼といると緊張してしまう。

子どものころからそうだった。

ちゃんとしなければと思うほどに、失敗してしまう自分が嫌で、気をつければつけるほどいっそう緊張が高まっていく。

負のループに陥っていたアンジェラを、タイガはかわいそうに思ってくれたのかもしれない。

――だから、わたしとの間に距離を置いた。

そして、これまでずっとアンジェラに冷たい態度を取っていた。

彼の言い分には、うなずける部分が多い。

それはきっと、タイガの言っていることが真実だからなのだろう。

「アンジェラ」

タイガの優しい声が遠ざかっていく。

──なんだか、すごく眠くて……目を開けていられない……。

「アンジェラ？」

──ごめんなさい、タイガさま。寝て起きたら、今度こそちゃんと話せるようにがんばるわ。だけど、あなたの気持ちを知った今、わたしはほかに何を話す必要があるのかな。

命は恋よりも大事だと思っていた。

死んでもいいと思えるほど、誰かを好きになったことはない。

だけど、ほんとうにそうだろうか。

人は素直で、愚かで、目の前の幸福に流されやすい。

アンジェラだってそうだ。

すべきことと、したいこと。その乖離《かいり》に選択肢を間違うのは仕方ないと知っている。

──わたし、このままずっとあなたと……。

「眠ってしまったのか。いいよ。きみの寝顔は、俺にとって最高のご褒美だからね」

優しい声が、前髪を揺らす。

愛猫はもういないけれど、彼のぬくもりがここにある。
アンジェラはタイガに抱きしめられて、静かな眠りへと落ちていった――。

第三章　溺愛のワルツはふたりきりで

「来週末、一緒に舞踏会へ出向かないか？」

居室に運んでもらった朝食を、タイガとふたりで食べているときのことだ。

突然の誘いに、アンジェラはパンを手にしたまま硬直してしまった。

公爵令嬢として、これまで何度も社交の場を訪れた経験がある。

しかし、彼に誘われるのは初めてだ。

——つまり、タイガさまの婚約者として同行してほしいと言ってくれているのよね。

「アンジェラ？」

「はい。同行いたします」

心はまだ迷っているのに、口が勝手に返事をしてしまう。

もしかしたら、こういう機会を待っていたのかもしれない。

彼ともっと親しくなれるときを。

それとも、彼の婚約者として堂々と人前に立つときを。

——どうしよう、ドレスはどれがいい？　先日、新しく注文した赤いドレスがいいかしら。ああ、でも……！

「ありがとう。実は、きみのためにドレスとアクセサリーを注文してある」

「そっ……それは、ありがとうございます」

ファディスティア王国では、男性が女性にドレスを贈るのは夫婦以外の間では禁忌とされる。

体にもっとも近いものは、愛し合う相手以外からもらってはいけないのだ。

――これは、タイガさまが本気でわたしと結婚するつもりって思っていいのよね？

マッサージをしてもらった夜から、タイガは毎晩アンジェラの寝室を訪れ、ふたりで抱き合って眠っている。

おやすみのキスはひたいと、頬に。

眠るときには抱き合っているが、それ以上の進展はなかった。

少しずつ、ふたりの心の距離が縮んでいくのがわかる。

あるいは、アンジェラが王宮で暮らしはじめてからふたりの関係は変わっていたのかもしれない。

彼が真実を明かしてくれたから――アンジェラを愛していると言ってくれたから、バッドエンドへの恐怖をぎりぎりこらえて、歩み寄ることを自分に許した。

――だって、タイガさまがエマを選ばずにわたしと結婚してくれるなら、特に問題はないもの。ゲームと現実は違う。悪役令嬢アンジェラだって、幸せになってもいいんだ。

とはいえ、未《いま》だアンジェラから彼への気持ちを伝えてはいない。

マロンの前でも、タイガへの恋情を口に出したことはなかった。

何も知らなかったころのアンジェラは、恋に恋していた。

子どものころからの婚約者であるタイガに、ずっと想いを寄せていた。

だからこそ、たとえ愛猫相手であってもその想いを言葉にしたくなかったのである。

伝える相手は、タイガひとり。

彼にこの心を差し出すまで、決して声に出すまいと決めていた。

「舞踏会、楽しみにしています」

うつむきがちに告げたアンジェラに「待てないかもしれないな」とタイガが小さく言った。

「待てないというのは……？」

「それまで、きみとの時間を作れないだなんて無理だ。週末にでもふたりで過ごす時間がほしい」

王太子という立場上、タイガは毎日さまざまな公務に追われている。

アンジェラと会えるのは、夜から朝にかけて。

日中は、互いに別々の場所で過ごしてきた。

「どこかに出かけようか。それとも、きみの部屋で過ごすほうがいいか？」

「わたし、外出がしたいです。タイガさまがお疲れでなければ、ですけど」

口調もだいぶ自然になっていることに、アンジェラは気づいていなかった。

以前なら、タイガと話すときには最上級の礼儀をはらっていた。

それが他人行儀に拍車をかけ、ふたりの関係を仮面婚約者なんて言う口さがない者もいたと耳にしている。

――軟禁状態で、ずっと王宮で暮らしているんだもの。たまには、ほんとうにふたりだけの時間を過ごせたらいいのに。

そうはいっても、王太子が外出するとなれば侍従たちが付き従うのは当然だ。

ふたりきりになるのは、なかなかに難しい。

「わかった。では、きみに喜んでもらえるデートを考えておく」

「で、でーと……」

「おかしいだろうか。俺たちは婚約者なのだから、そのくらい問題ないだろう？」

「そうですね。きっと、デートです」

パンを皿に戻して、アンジェラは紅茶をひと口飲んだ。

胸がいっぱいで、食べ物が喉を通らなくなる。

アンジェラさえ素直になれば、タイガはこんなに愛情を示してくれる人だったのだ。

これまで長い間、彼を誤解していた。

無論、それはタイガのせいでもあるのだけれど――。

まだほかにも問題があるのは知っていたが、今は初めての恋愛成就を満喫していたい。

「アンジェラさま、お茶のおかわりはいかがですか？」

レナに声をかけられて、アンジェラはにこやかにうなずいた。

一瞬、タイガもレナも息を呑む。

――何？　わたし、おかしなことをした？

「驚いた……。きみのそんなリラックスした笑顔を見られるだなんて……」

「そう、ですか……？」

タイガの前なので、レナは口出しせずにコクコクと大きくうなずいている。

まあ、もとのアンジェラは生真面目だった。生真面目すぎた。

タイガとの関係も育《はぐく》まれていなかったから、彼の前で素の笑顔を見せることもなかった。

――そう考えると、わたしもタイガさまに対してかなり壁を作っていたのかもしれないわ。タイガさまの態度に問題があったのを否定はしないけれど、わたしにも悪いところはあったのね。

「では、これからはタイガさまの前ではいっぱい笑うことにしますね」

「……俺の自制心を試すつもりか？」

「そんなつもりはありません。お嫌でしたら、無表情を心がけますけれど」

「ぜひ笑ってくれ。自制心については、俺がどうにかしておく」

「ふふ、朝からおもしろいことを言うんですね」

「きみが笑ってくれるなら、喜んで道化になろう」

「一国の王太子たる方が、道化になっては困ります」

「では、俺が道化にならずに済むよう、アンジェラはたくさん笑ってくれるか？」

「できるかぎり」

「そのついでに、もうひとつ頼みごとをしてもいいだろうか」

「わたしにできることでしたら」

なんでも、とは言えない。

彼が何を望んでいるのかわからないのに、迂闊な対応は危険だ。

――もし、今すぐわたしをほしいだなんて言われたら……。

考えただけで、鼓動が速くなる。

「タイガと呼んでほしい」

「え？　でもすでにお名前で……」

「敬称は不要だ。きみにとって、より親しい存在になりたい」

金色の瞳で、じっと覗き込まれて呼吸ができない。

タイガの目は心の奥まで見透かしてしまいそうな美しさがある。

「……っ、ですが、王太子であるタイガさまをそのように……」

「もっと俺を特別扱いしてもらいたいんだ」

「タイ、ガ……」

「もう一度、呼んで」

「タイガ？」

「は……、最高だよ、アンジェラ。これからはいつも、そう呼んでほしい」

「わ、わかりました。尽力いたします」

朝からこんな甘い会話をする日が来るだなんて、ほんの一カ月前には考えもしなかった。

――軟禁されるのも悪くない、なんて言ったらレナに睨まれちゃうかしら。

だが、ほんとうにそう思い始めているのだから、恋はどうしようもない。

彼の気持ちを知らない間は、報われない片思いを捨てて婚約からも自由になり、命を大事に生きていこうと思っていた。

生きていれば、また誰かを好きになる。

それでいいとアンジェラは考えていたのに、彼の告白ひとつで世界の色が変わってしまった。

彼といたい。

だけど、望んでもいいのだろうか。

――わたしは、あなたを好きでいていいの……？

「新しいドレスは、週明けには届く予定だ」

「楽しみにしていますね」

「ああ。俺もだ」

朝の短い幸福な時間が終わると、アンジェラはレナと一緒にバラ園へ散歩に行くことにした。

† † †

「最近のアンジェラさまは、ほんとうにお美しいです」

バラの美しさを堪能しながら歩いていると、レナが力強く褒めてくれる。

「笑顔は輝くばかり、爪の先、髪の毛一本一本まで手入れが行き届き、お顔の色もよろしゅうございますし、それに……」

「レナ？　少し褒めすぎではなくて？」

さすがにそこまで言われるとこそばゆい。

アンジェラが冗談めかして笑いかけると、レナが夢見るように目を細める。

「それです。その笑顔に、殿下もお心を奪われているのですね」

――タイガがいったい、わたしのどこに惹かれたのかはわからないんだけどね。

愛されている。

少なくとも、そう信じられる状態というのは、こんなにも心を穏やかにするものか。

「王宮の侍女たちが、最近新しい噂をしているのをご存じですか？」

「知らないわ。どうせ、わたしの悪口でしょう」

「いいえ！　違います！」

強く言い切られ、アンジェラは足を止めた。

「アンジェラさまが、以前と変わられた、と」

ほんとうにそんなふうに言われているのか、とレナの顔をまじまじ見つめた。

彼女が嘘をついていると考えたわけではない。

だが、一度悪評の立った人間に対して、周囲は優しくない。

それが事実だろうとそうでなかろうと、人々はおもしろおかしく噂をする。

アンジェラは、潔癖《けっぺき》すぎた。

誰かの悪口を聞けば、そんなふうに言うべきではないと厳しい口調で告げた。

ときには「あなたが同じように言われたら、もしくはあなたの大事な人がそんなふうに言われたとしたら、同じく笑っていられるの？」と問いかけたこともある。

それが悪かったのだろう。

いつだって人間の生きる世界には、生贄《いけにえ》の羊が必要だ。

自分こそが、羊になっているのだと気づいたときにはもう遅い。

しかし、ほんとうに処刑されるのは御免だけれど、人々の噂の的にされるくらいなんてことはなかった。

あのころのアンジェラは、盲目的にタイガと結婚する未来を信じていた。

では、今は？

彼に愛されている。国の認めた婚約者なのだから、このままいけば無事に結婚できるかもしれない。

エマがタイガルートにいなければ、そういう可能性はじゅうぶんにある。

そこに確定の判断がつかないものの、悪役令嬢が王太子と結婚するとなれば、別の問題も浮かび上がってくる。

――うーん、難しい問題……。実際に王太子妃になった場合、王国民から嫌われていたらまずいのはわかるのだけど……。

「以前よりイジワルになったと噂されているのでなければ、別にいいの。わたしは幸せだもの」

これは本心だ。

そして、願望だった。

すべての人にわかってもらいたいだなんて、そこまで傲慢な願いは抱いていない。

タイガとレナは、アンジェラを噂で判断せずに、目の前の自分を見てくれている。

――理由はわからないけれど、エマもわたしを応援してくれてる……たぶん。

「アンジェラさまは、欲がないです。もっと皆に慕われてもおかしくないお人柄ですのに」

「かまわないわ。レナはわかってくれているのでしょう?」

「……そうありたいと、心から思っております」

陽光を浴びたバラの花びらが、まだかすかに残る朝露で輝いていた。

世界は、美しい。

† † †

その日の夜。

アンジェラが寝室で待っていても、なかなかタイガは姿を現さなかった。

何かあったのだろうか。

ひとりで先に休むことも考えたけれど、なんだか寂しい。

ベッドに座って、彼のくれた虎のぬいぐるみを膝の上に置く。

そういえば、最初にマロンと出会ったとき、アンジェラの侍女たちは口を揃えて「それはほんとうに猫なのですか？」と尋ねた。

今にして思えば、マロンは猫ではなく虎なのだから訝《いぶか》られるのも当然だろう。

さらに、マロンは成長しなかった。

普通は成猫であっても、季節によって太ったり痩せたり、毛量が変化したりするものだ。

いつ見てもマロンの体は同じ大きさ、同じ重さ。

そして、一度たりともマロンはニャアと鳴いたことがなかった。

——ところで、虎はどんな鳴き声をあげるんだろう。ガオー、とか？

タイガが吠《ほ》えている姿を想像して、ひとり小さく笑いを噛《か》み殺《ころ》す。

「その場合、タイガじゃなくマロンでしょ。ふふ」

コン、と窓の向こうから音がした。

以前にも、こんなことがあったのを思い出し、アンジェラは急いでバルコニーへ向かう。

カーテンを開けると、ガラス越しに――。

「マロン⁉」

久々に見るマロンが、こちらを見上げているではないか。

なぜタイガではなくマロンがやってきたのかわからないが、アンジェラは窓を開けて彼を迎え入れた。

「どうしたのですか、タイガ。マロンの姿でいらっしゃるだなんて」

空に浮かぶのは大きな金色の満月。

彼の髪と同じ色の光が、アンジェラとマロンを――タイガを照らしていた。

――まさか、満月の夜は虎の姿になってしまうとか⁉

それでは、虎ではなく狼男《おおかみおとこ》だ。

虎の姿をした彼は、何も言わない。言えないのかもしれない。

ベッドの縁に腰を下ろすと、上掛けに置かれたぬいぐるみの虎とマロンが驚くほど酷似していることにあらためて気づく。

「ぬいぐるみとそっくり。まるで、マロンをモデルに作ったみたいですね」

言ってから、実際そういう作り方をしたのではないかと思えてきた。

返事のない相手に話しかけているのは、以前と同じだ。

――だけど、中身がタイガだと知っているとなんだか違う感じがする。理解してくれているって、安心できるというか。

不意に、寝室の扉がノックされた。

こんな時間にアンジェラの部屋を訪れるのはタイガくらいのものだ。

――誰？

不安な気持ちで、アンジェラは「どうぞ」と小さく返事をする。

音を立てないよう、慎重な手付きで扉が開けられた。

そこに立っているのは、何度か見たことのある若い王宮侍女だ。

「あの、アンジェラさま。夜分に申し訳ありません。わたし、昼間にお部屋のお掃除をさせていただきました。そのときに、ドレスから落ちたらしい飾りを拾ったのですが、誤って持ち帰ってしまいまして……」

怯えた表情の侍女が、今にも消え入りそうな声で必死に説明してくる。

彼女の話によると、アンジェラのドレスについていた貝の飾りボタンを拾って、ドレスの修繕を手配しようとしていたのに、失念していたというのである。

たいしたことではないと思ったものの、侍女からすれば泥棒と思われてもおかしくない行動のようだ。

――わからなくはないけれど、そこまで怯えなくても、わたしは侍女を糾弾したりしないわよ。

とはいえ、悪名高きアンジェラを相手にしているからこそ、侍女は震え上がったに違いない。

「持ってきてくれてありがとう」

いつもよりなるべく優しい声を心がけて、侍女に返答する。

「っっ……、え……？」

「夜遅くに、不安な気持ちをこらえて来てくれたのでしょう？　あなたの誠実さに感謝します。ありがとう、――アイシャ」

侍女長を別とすれば、侍女たちは基本的に個別で名乗ってくることがない。

けれど、何度か顔を合わせる者ならば彼女たちの会話から名前を察することは可能だ。

特に彼女――アイシャは、ファディスティアには珍しい瞳の色をした娘である。

印象的な名前とともに、アンジェラの記憶に残っていた。

「アンジェラさま……、わたしの名前をご存じだったのですか？」

「あなたには何度も居室の掃除をしてもらったわ。それに、着替えの手伝いにも来てくれていたでしょう？」

「……っ、感激です。アンジェラさまが、わたしの名前を……！」

イジワルされると怯えていただろうに、今泣いた烏《からす》がもう笑う。

アイシャは恭《うやうや》しく飾りボタンをアンジェラに差し出すと、深く頭を下げた。

「今後、このようなことがないよう気を引き締めて作業いたします。あの……今日のことは、できましたら……」

「わかっているわ。わざわざ持ってきてくれたあなたを報告する必要なんてないもの。そんなに心配しないで」

「ありがとうございます……！」

その後、アイシャは何度もお礼を言って、夜遅くに訪ねたことを再度謝罪して部屋を出ていった。

——あんなに怯えられるほど、わたしって危険人物なのね。

ふう、と息を吐いて、アンジェラは飾りボタンをベッド脇のナイトテーブルに置いた。

「未来の王太子妃は、侍女にも優しいんだな」

「えっ⁉」

振り返ると、さっきまでマロンがいた場所にタイガが座っている。

アンジェラが背を向けていたわずかな間に、虎から人間への変身が行われていたのだ。

「タイガ、わたしは別に優しいわけではありません。普通の対応をしただけです」

「だったら、俺にも優しくしてくれ」

「な、何を……」

ベッドの上、彼は両腕を広げてアンジェラに微笑みかけてくる。

燭台の明かりが、タイガの金色の瞳に映り込み、甘く揺らいでいた。

「今日も一日、王太子業務をこなしてきた俺に、特別優しくしてくれないか？」

「特別って、何をすればいいんですか？」

「まずは、抱きしめたい」

率直すぎる彼の言葉が、胸に刺さった。

自分を求めてくれるのが嬉しくて、アンジェラは言われるままタイガの腕に飛び込む。

「ああ、アンジェラの香りだ」

すん、と鼻を小さく鳴らしたタイガが、アンジェラのこめかみにキスをひとつ。

少し体の位置をずらして、今度は生え際に、続いて耳殻に、彼はキスを繰り返す。

宝物を愛《め》でるような動きに、アンジェラはかすかに身を捩《よじ》った。

触れられるだけのキス。

なのに、彼の唇を受けた場所が熱を帯びて、くすぐったいような感覚を訴えている。

――なんだか、ヘンな感じ……。

「アンジェラ、こちらを向いて」

言われるままに視線を上げると、今にも唇が重なりそうなほどに彼の顔が近い。

「だ、ダメです。キスは、その……」

好きな人とするものだから。

——だけど、わたしの好きな人はタイガで、タイガの好きな人はわたしで。あら？　もしかしたらわたしたち、キスをしてもいい関係なのかも？

「駄目と言われても、すでにきみの唇は奪った記憶がある」

「あっ！」

そうだった。

彼の誕生日の宴を終えたあと、唇を重ねているではないか。

「つまり、わたしのファーストキスは薬を飲ませるためのもの……」

「そう言われると耳が痛い。だったら、今からやり直させてくれないか？」

苦笑いしたタイガが、優しく目を細めた。

薄く開いた彼の形良い唇に、アンジェラの目が釘付《くぎづ》けになる。

この唇に、奪われたい。

唇を許そうと許すまいと、すでに肌をあばかれているのだ。

最後の一線こそ越えていないものの、ふたりは素肌を見せあった仲である。

——もちろん、あのときはタイガのほんとうの気持ちも知らなかったけれど……。

「誓いのキスは、まだですよ？」

冗談めかして告げると、タイガが肩をすくめた。

「だったら今すぐ、ふたりだけで誓いのキスをするという手もあるんだが」

「えっ⁉」

――そんな切り返しをされるなんて、思いもしなかった。

動揺するアンジェラを見下ろし、彼が楽しげに声をあげて笑う。

「困った顔のきみも、とてもかわいい」

「！　からかわないでくださいっ」

「からかっているわけじゃない。もしアンジェラがうなずいてくれていたら、今すぐきみと誓いのキスをするに決まってるだろ」

「っっ……」

本気なところがなおまずい。

――わたしも好き、なんて言ったら、きっとタイガはもう何も待ってくれない。だけど……。

一度、触れられてしまった体は快楽を知っている。

彼の指の、舌の動きを、それによって引き起こされる未知なる悦びを、追い求めはじめるのだ。

太腿《もも》を擦り合わせ、アンジェラは目をそらした。

自分の体が、タイガを求めて甘く濡れてきていることに、気づいてしまったから。

「アンジェラ」

「……」

「アンジェラ、こっちを向いて」

「だ、め……」

「ねえ、アンジェラ」

呼ばれるたびに、自分の名前が特別なものに思えてくる。

それとも、彼の声が特別甘いのかもしれない。

「キスしたくて、たまらない」

吐息まじりのかすれた声が、耳朶《じだ》をかすめた。

柔らかな肌に彼の息がかかり、アンジェラは体の中心にぎゅっと愛情が凝《こご》っていくのを感じた。

「……結婚式のときには、ちゃんと初めてのふりをしてくださいますか？」

「それは約束できないな。互いの唇がしっかり馴染むまで、きっとキスをやめられなくなってしまうから――」

そして、ふたりの唇が重なった。

――タイガ、震えてるの？

触れる部分に、小刻みな振動を感じる。

しかし、震えているのが自分なのかタイガなのか、判別できない。

あるいは触れ合った唇が化学反応を起こしているようにも思えた。

わかっているのは、キスが気持ちよくて、離れたくないことだけ――。

「もっと、したい」

唇を重ねたまま、隙間からタイガが言う。

「……わたしも、です」

心に嘘はつけなかった。

アンジェラの返答に、彼の舌先が下唇を舐めた。

「んっ……！」

あたたかく濡れたものが、唇の輪郭をたどっていく感覚。

うなじが粟立ち、腰が跳ねそうになる。

――キスだけで、こんなになっちゃうだなんて。わたしの体、おかしくなってる。

「アンジェラ、もっと……」

「ん、ぅ……ッ」

くちゅり、とふたりの間で淫靡《いんび》な水音が聞こえた。

どちらからともなく舌と舌が絡み合い、くちづけは深みを増していく。

キスに溺れているうちに、寝間着の上からタイガの手が腰のラインをなぞりはじめた。

長い指は、丁寧にアンジェラの輪郭をたどり、胸の裾野へ到達する。

「ぁ、あ……っ」

「逃げないで、キスを続けて」

「でも……」

「大丈夫。きみに触れたいだけだ」

胸元のリボンをほどかれると、白い寝間着の前身頃が左右に開かれてしまう。

双丘が空気に触れ、先端がひくんと疼いた。

「……かわいい、アンジェラ」

「タイガ……」

柔肌に、彼の指が沈む。

乳暈に触れないよう、人差し指と中指がそれを挟み込んだ。

「っっ……ん！」

感じやすい部分を両側から押し込まれて、いっそう先端に芯が通っていく。

色づいた部分がもどかしくて、その中央で小さく自己主張する乳首がきゅんと凝《しこ》った。

彼に触れられたいと、口づけられたいと、懇願しているようだ。

「もうこんなに……。アンジェラも、興奮してくれているのだな」

「わ、たし……」

「柔らかくて、あたたかい」

左右の乳房を揉《も》み上げて、タイガがキスを繰り返す。

息もできない快感に、アンジェラは肩を震わせた。

——こんな、恥ずかしい触り方……！

白肌を捏ねる手付きで、タイガが乳房を愛でている。

けれど、アンジェラの欲している部分への刺激はない。

ほしくて、恥ずかしくて、けれどやっぱり、どうしてもほしい。

「いちばんかわいいところも、触れていいか？」

「あ、わたし、でも……」

「いいと言って」

強請《ねだ》る声には、いつもは聞かない甘えた響きが込められている。

返事に迷うアンジェラを待って、タイガは乳暈を指でくるりと撫でた。

「ひぁッ、ん……！」

「この、中心を」

「タイガ……っ」

「指でつまんだら、どうなるか教えてくれるだろ？」

「んっ、ん……っ、し、て……、さわって……くださ……ぁああッ」

言い終えるよりも先に、親指と人差し指が屹立の根元をきゅうっとつまんだ。

こらえきれない高い声をあげて、アンジェラは背をしならせる。

それはまるで、もっとしてほしいと自分から胸を突き出すような格好だった。

「はぁ……っ、ぁ、あっ……」

気づけば、アンジェラは一糸まとわぬ姿になっている。

下半身もあらわに、ベッドの上でつま先をひくつかせた。

肩をよじるたび、形良い乳房があえかに揺れる。

先端をつままれているため、ひどく淫らな形に双丘が歪むのが自分の目にも映っていた。

——こんなはしたない格好をして、タイガにどう思われるんだろう……。

まなじりを赤くしたアンジェラが、愛しい人を見上げると、彼は白磁の頬を紅潮させているではないか。

いつも冷静な金の瞳に、欲望の炎を揺らしている。

口元は甘い笑みを浮かべ、ちろりと舌先を覗《のぞ》かせると、アンジェラの首筋に顔を埋めた。

「！　ぁ、あぁっ……、や、何……っ」

薄い皮膚に彼の歯が当たっている。

痛いわけではないけれど、全身が総毛立つ。

舌先がうごめくと、いっそう脚の間が甘く疼いた。

「——触れるだけのつもり、だった」

興奮にかすれた声で、タイガが言う。

耳のすぐそばで聞こえる、普段とは違う彼の声に、アンジェラは小さく首を横に振った。

「ダメ、です。タイガ……」

「すまない。きみがほしくて、おかしくなりそうなんだ」
腰を跨いだタイガが、寝間着を脱ぎ捨てる。
ずし、と鼠径部に何かの質量を感じた。
――え……？
目を下にやったその瞬間、急に現実に立ち戻って血の気が引くのを覚えた。
そこには、そびえる雄槍がアンジェラを貫かんとばかりに切っ先を向けてきている。
重さを感じたのは、さらにその下にあるものだ。
閨事で学んだから知っている。
子種を作る、球体の双子。
それがアンジェラの鼠径部に載せられていた。
むわ、と雄の香りがする。
なぜだろう。心が逸《はや》るのを止められない。
いけないとわかっているのに、アンジェラもまた彼を欲しているのだ。
下腹部で、甘い渦が巻いている。
体の内側にある空洞が、彼を求めて蠕動《ぜんどう》する感覚があった。
――こんなふうになるだなんて、わたし、知らない。
「アンジェラ、脚を開いて」

「で、でも……」

「今すぐ、きみと夫婦になりたい」

「タイガ……、わたし、は……」

優しい指先が鼠径部をひと撫でする。

それは体の表面でしかないのに、奥深くで反応する何かがあって。

「んっ……！」

アンジェラは、泣きそうな声で上半身を横に向ける。

――わたしは、あなたを好きでいていいの？

誰に尋ねることではない。

タイガに訊いたとて、自分の責任を彼に押しつける行為だ。

――わたしの恋は、わたしが決めるんだ。

いつだって、誰かに決めてもらった道を歩いていくことはできない。

悪役令嬢と噂されるアンジェラだって、それは同じだ。

この恋を諦めようと思っていた。諦められなかった。

婚約を解消して逃げ出そうと思っていた。逃げられなかった。

タイガに嫌われようと思っていた。だけどほんとうは、嫌われたくなんてなかった。

うまくいかないのは、誰かのせいではない。

アンジェラ自身が、心の底ではタイガを好きでどうしようもなかったから。

「……結婚式は、今日ではありません。だけど……」

彼をまっすぐに見つめて、息を吸う。

伝えたい想いは、この胸にある。

金色の王太子が、アンジェラの言葉を待っている。

その身に秘めた獣性は、本能の暴走を選ぶことだってできただろう。

だが、タイガはアンジェラを王宮に軟禁すると言いながら、鎖のひとつつけることもなく、自由を与えてくれたのだ。

──ほんとうに、優しい人。大好きです、タイガ。

「だけど、わたしもタイガが……ほしい、です……」

「アンジェラ……！」

覆いかぶさってきた彼の体に腕を回し、アンジェラは自分からタイガを抱きしめた。

心臓が壊れそうなほどに早鐘を打つ。

今夜、これから、彼に抱かれる。

覚悟はできた。自分で選んだのだ。

──でも、お腹《なか》に当たってるの、すごく大きいような気が……。

前世も現世も、アンジェラにはそういう経験がない。

比較対象はなくとも、タイガのそれがはち切れんばかりの大きさなのはわかる。

「好きだ」

唇を重ねて、タイガがアンジェラの太腿を割った。

「ん……っ……」

脚を開くと、奥からあふれた蜜が臀部《でんぶ》に滴っていく。

しとどに濡れた間《あわい》が空気に触れ、自分の熱を思い知らされた。

「きみが好きだ。きみを愛している。きみだけを」

「タイ、ガ……」

亀頭が柔肉を左右に押しのけ、蜜口にぴたりと密着した。

彼は自身の根元を右手で握り、劣情を押しつけたままで腰を上下に揺らす。

「ぁ、あッ……、んぅっ……」

すべらかな切っ先が蜜口から花芽まで擦り立てると、アンジェラは鎖骨まで赤く染めて肢体を震わせる。

白いシーツの上に広がる黒髪が、上気した肌を彩っていた。

これから、彼に奪われる。

食べられることを知りながら逃げない自分は、愚かな獲物だ。

それでいい。そうであることを選んだ。

彼に愛される今を、アンジェラが望んだのだから。

狭い蜜口に、ひどく昂ぶった亀頭がめり込んでくる。

「っっ……、ぁ、タイガ、っ……」

「ああ、なんて狭くて愛しいんだ。きみの体が、純潔を守ろうと必死に俺を押し返している」

そんなつもりはないのだが、浅瀬に割り入ってくる太棹《ふとざお》は、力を込めるとぬるりと抜け出ていく。

「ほら、また押し返した」

「ち、がう……」

「だったら、もっと力を抜いて。――アンジェラ、キスしながらつながろう」

「ん……」

ふたつの唇が重なり、舌が口腔《こうこう》を弄《まさぐ》ってくる。

口蓋をねろりと舐められて、アンジェラはかすかに腰を浮かせた。

その瞬間。

「ん、ぅ……ッ……!」

ずぐ、と体に杭《くい》を打たれる。

火傷《やけど》しそうなほどに熱い愛楔が、アンジェラをシーツに磔《はりつけ》にする。

濡れに濡れた蜜路を、タイガが少しずつ奥へ進んでくるのが感じられた。

一ミリごとに、彼のものになっていく。

この痛みも、この悦びも、この不安も、この興奮も。

すべてが、彼に与えられた初めての感覚なのだ。

「こんなに締めつけて……。もっと奥まで、いい、か?」

「は、い……。来て、タイガ……」

彼の背に、アンジェラは無意識で爪を立てていた。

たくましい背中にいくつも引っかき傷ができる。

行きつ戻りつを繰り返し、ついに彼の劣情の八割がアンジェラの中に埋め込まれた。

——内側から、食い破られてしまいそう。タイガの、すごく熱い。それに、どくんどくんって脈を打って……。

彼の高揚が伝わってくる。

これまでの人生で、ほかの誰もたどり着いたことのないアンジェラのいちばん奥に、今にもタイガが触れようとしているのだ。

「んん……っ、ぁ、タイガ、中、すごく熱い、です……っ、ぁあ……っ」

「きみのすべてを、もらい受ける——」

その宣言とともに、彼が最後のひと突きでアンジェラを貫いた。

亀頭が子宮口にぴたりと張り付く錯覚を覚える。

ほかの誰も——アンジェラ自身ですら、知らない体の中を、タイガが押し広げているのだ。

濡襞《ぬれひだ》はせつないほどに広げられ、みっちりと彼の雄槍を締めつけている。

どこかに痛みはあるけれど、それよりも快感のほうがよほど強い。

「っ、ハ……、アンジェラ、つらくないか？」

その声を聞くまで気づかなかった。

彼もまた、ひたいに汗を浮かべるほどに何かを我慢しているのだと。

「タイガ……」

「つらかったら言ってくれ。きみを傷つけたいわけじゃない。だが、こんなひどいことをしておいて、今さら何を言っていると思われるだろうか……」

涙目で薄く微笑み、アンジェラは首を横に振る。

彼が本気でアンジェラを傷つけようとしたら、こんなに時間をかけてくれるはずがない。

もっと自分本位に女性を抱くことだってできるだろう。

経験がなくとも、知識はある。アンジェラには、そのことがわかっていた。

「タイガは、ひどいことなんてしてません」

「だが、きみを傷つけているのは事実だ。血が……」

「み、見ないでください！」

「アンジェラ？」

上半身を起こそうとした彼を、必死につなぎとめる。

両腕で抱きついて、ぎゅっと胸を押しつける格好だ。

「……初めてなんですもの。少しくらい、傷つくのは当然です。タイガだって、なんだかつらそうで……」

「俺は、申し訳ないことに何もつらくない。ただ、きみの中が気持ち良すぎて、その、——果ててしまわないように、必死だ」

あまりに素直な彼の言葉に、アンジェラは愛しさを覚えた。

そして、彼が自分を想ってくれているのを強く強く感じていた。

「……わたしも、です」

「何がだ？」

「ちゃんと、気持ちいい……です……」

顔を見られたくないから、彼の肩口にひたいをつける。

初めてなのに、体はしっかりと快感を覚えていた。

「そんなかわいいことを言われると、待てなくなる」

誘惑に心が揺らぐのを隠そうともせず、タイガが切羽詰まった声で告げる。

「待たないで……」

「アンジェラ、だがそれは」

「ここでやめても、同じですもの。わたしを大人にした責任を取って、どうか最後まで——」

愛してください。

消えそうな声に、彼がごくりと息を呑む。

喉仏が上下するのを横目に、アンジェラは奥歯を噛み締めた。

嘘は言っていない。快楽はある。

だが、やはり痛みも感じているのだ。

怖くないとは言えないけれど、タイガにならば何をされてもいいと思った。

――恋よりも命が大事だなんて、きっともう言えない。わたしは、タイガに愛されるためならなんだってする。たとえ稀代《きたい》の悪女と罵られても、この人の手を離せない……。

ずぐ、ずちゅ、と体の内側で彼の劣情が抽挿を始める。

最初はぎこちない動きで、抜け落ちてしまわないよう慎重に。

次第に、リズミカルな打擲音《ちょうちゃく》へと変化して、タイガの律動が全身に刻まれていく。

「ぁ、ああ、あ、っ……」

最奥を穿《うが》たれるたびに、甘い声が漏れた。

脳天まで突き抜ける快感が、彼を咥《くわ》える蜜口を引き絞る。

締めれば締めた分だけ、タイガの情慾《じょうよく》を強く感じることができた。

「んっ、ぁ、タイガ、さっきより、大っき……ああっ」

「きみが嬉しそうに締めつけるせいだ」

「はぁ、あ……っん！」

亀頭が子宮口にめり込むほど、奥深くをグリグリと抉《えぐ》られる。

腰が自分から動くのを止められない。

逃げを打つのではなく、彼をもっと感じようと淫らに揺れていた。

「入り口は狭いのに、奥は柔らかく俺を受け止めてくれている……」

「ひ、ぁああッ、ん、くっ……」

——どこまで、入ってくるの？　これ以上、入らない……！

「……もしかして、奥が感じるのか？」

「わ、からな……、んうっ、そこ、ぁ、あっ」

内臓を押し上げるほどの強さで抉られ、アンジェラは泣きそうな声をあげる。

「わかるまで、一緒に……」

奥を重点的に攻めながら、タイガが体の位置をずらして胸元に唇を寄せた。

——何？　やだ、入ってるのに胸は……。

唇をすぼめたタイガが、ぢゅううぅ、とはしたない音を立ててアンジェラの乳首を吸い立てる。

「ひゃぁんっ、ふ、ぅ……ッ」

これまでにないほど強く吸われ、痛いほどの快感にアンジェラは目を閉じた。

ちゅぽ、ちゅうっ、と胸の先を舐《ねぶ》り、吸っては、タイガが腰を打ちつけてくる。

全身の感覚が鋭敏になっていて、乳房を手でつかまれるだけでも狂いそうなほどの快感に目が眩《くら》む。

それなのに、胸と隘路《あいろ》を愛されているのだ。

アンジェラは、今にも達してしまいそうなほどに快楽の波に追い立てられていた。

「ッあ、ああっ、ダメ、ヘンになっちゃぅぅ……っ」

「く……っ、奥を突くと、入り口が締まる。ここがいいんだな、アンジェラ」

「やぁああッ、ん、んぅッ、おかしく……っ」

「おかしくなっていい。俺にだけ、見せて。きみの感じている顔を、もっと……」

タイガの腰の動きが変わった。

先ほどまでと違って、入り口ぎりぎりまで亀頭を引き抜く。

そして、激しくアンジェラの中を往復するのだ。

「ああっ、んぁッ、や、何か……っ、ん、んんっ」

「好きだ」

タイガがアンジェラの吐息を奪うように、唇を重ねてきた。

「んっ、んんーっ！」

粘膜に響く、彼の脈動。

じゅぷっ、じゅぷっ、と蜜音を響かせて、ふたりのつながる部分が擦れ合う。

――キスしながら、タイガに抱かれてる。タイガが、わたしの中をいっぱいにして……。

「！　ん、くっ……、ぁ、あ、イク、イッちゃう、あああッ」

黒髪を乱し、アンジェラはキスから逃げた。

しかし、タイガは許さないとばかりに追いかけてくる。

「好きだ、アンジェラ」

「んぅ……ッ、ん、キス、待っ……」

「キスしながら、達すればいい」

「やぁッ……、ぁん、ん、んんーッ！」

ぎゅうう、と体が収斂《しゅうれん》した。

彼の劣情を食いしめて、アンジェラは大きく腰を跳ね上げる。

「ああ……、出る、出る……ッ」

「ひッ……！　ぁあ、熱い、やぁ……っ」

達した直後に、タイガが遂情《すいじょう》するのが感じられた。

白濁が重吹《しぶ》いて、アンジェラの中を満たしていく。

——これ、が、タイガの……。

「く……ッ、まだ終わらない。アンジェラ、もっと俺を……」

「あ、あ、出てるのに、動かないで……ッ」

最後の一滴まで搾り取ろうというのか。

タイガが、飛沫《しぶき》をあげながら激しく突き上げてくる。

びゅく、びゅるる、と射精は続き、アンジェラはそれを懸命に初めての体で受け止めていた——。

† † †

「まあ！　では、やっと殿下のお気持ちがアンジェラさまに届いたんですね！」

エマ・グローブスは、嬉しそうに両手を組んで目を輝かせる。

「きみには感謝している」

王宮の応接間で窓際に立ち、タイガは満足げにうなずいた。

廊下につながる扉は開け放している。

これは、未婚の令嬢とふたりきりでいるのを誤解されないようにするためだ。

「わたしはおふたりを心から応援してるだけです。だってアンジェラさまは、あんなに高貴で清らかなのですから。誰よりも幸せになってほしいと思うのは当然じゃありませんか」

エマと意気投合したのは、数カ月前。

彼女が侯爵家の養女となって、アンジェラにマナーを学び始めたころの話だ。

貴族の令息たちの間で、エマ・グローブスは何やら話題になっていた。

タイガはエマという女性に興味を持ったわけではなく、アンジェラのもとに定期的に通っている人物として認識していたに過ぎない。

——俺がマロンの姿でアンジェラのそばにいる時間を、見事に邪魔してくれたわけだが。

もちろん、エマはタイガがマロンであることなど知りはしない。

ふたりが意気投合したのは、アンジェラという唯一無二の魅力的な女性を崇拝する気持ちが共通していたことによる。

とある夜会でエマを見かけたとき、タイガは彼女からアンジェラの話を聞き出すために話しかけた。マロンのときに収集できる情報には限りがある。

自分といないときのアンジェラのことを、もっと知りたかった。

情報を聞くだけのつもりだったのだが、エマは話し上手でアンジェラをよく見ているため、同時に彼女を見つめているタイガの気持ちにも気づいていた。

だから、これまで誰にも明かしてこなかった恋心をつい話してしまったのだ。

それはつまり、アンジェラを想うがゆえにアンジェラから距離を取り続けた十四年間の件で——。

「おふたりの結婚式が、今から楽しみです……」

だから、これまで誰にも明かしてこなかった恋心をつい話してしまったのだ。

うっとりと夢見がちなエマは、これからもアンジェラのよき友人でいてくれるだろう。

王太子妃となり、王宮で暮らすようになると、今まで以上にアンジェラは自由な時間がなくなってしまう。

そのときに、彼女を支えてほしい。

エマに対して、タイガが望むのはそのくらいだ。


初めて、虎に変身してアンジェラのもとへ行った日のことを覚えている。

ディライン家の人々は、生まれたばかりの長男に夢中で、五歳の長女――アンジェラに対してはひどく冷たかった。

彼女が冷遇される理由のひとつは、黒髪であること。

タイガの目には美しく見えるそれが、ディライン家では不吉とされていたのである。

アンジェラとの婚約の際、王室は本件に関して信憑性のある話なのか調査を行ったそうだ。

タイガはのちにその調査報告書を読んだが、ディライン家の黒髪の娘嫌いというのはひどくお粗末な理由によるものだった。

いわく、かつての当主が妻なきあと、黒髪の美しい娘に血迷って財産の多くを手放したというものである。

もとはその事実を隠蔽して当主の名誉を守るためにできた言い伝えだったのだろう。

だからこそ、王室はアンジェラを正式に婚約者として迎え入れたのだ。

彼女は不吉な娘ではないという確たる証拠である。

そもそもディライン家はファディスティア王国でも屈指の有力貴族だ。

歴史ある家名の、過去に武人や知識人を何人も排出してきたディライン家だからこそ、タイガの婚約者にふさわしいと王宮の者たちも考えたに違いない。

まだ幼いタイガにとっては、結婚相手が現実的な存在になっていない。

まして相手は自分よりもさらに年端も行かぬ少女なのだ。

五歳の子どもが緊張して失態をさらすくらい、当たり前のことである。

けれど、アンジェラはそれを許されていなかった。

彼女は広い屋敷の最上階にある自室で、ひとりしくしくと泣いていた。

前日に王宮の中庭で転倒し、折り悪く雨上がりだったため、ドレスをひどく汚してしまった。

アンジェラの父親はタイガの目の前で娘を罵倒し、泣いているアンジェラを慰める者は誰ひとりいなかった。

貴族とはそういうものなのか。いや、そんなわけがあるまい。

あれから一日が過ぎても、アンジェラはひとりぼっち。

豊かで恵まれた家にいながら、彼女のそばには誰もいないのだ。

「おとうさま、おかあさま、ごめんなさい」

陛下では何もできない赤子の弟がかわいがられているというのに、そこに参加することも許されていない。

「もうしません。ちゃんとします。だから、アンジェラのことをきらいにならないで」

泣きじゃくる彼女の声が、ひどくせつなかった。

だからだろうか。様子を見るだけに留めおけず、アンジェラの前に姿を見せた。

「……？　あなた、どこから来たの？」

小さなアンジェラは、涙をいっぱいにためた瞳でタイガを見つめる。

「ねこちゃん、さわってもいい？　さわったら、ひっかく？」

頬には涙のあとが残っていた。

タイガは黙って彼女を見上げる。

白くやわらかな両手が伸びてきて、タイガを抱き上げた。

「ふわふわ……！」

子どもは力の加減がうまくない。

アンジェラも例に漏れず、ぎゅうぎゅうとタイガを抱きしめてくる。

けれど、逃げ出そうとは思わなかった。

タイガを抱きしめて、彼女は肩を震わせているのだ。

「ねこちゃんみたいにかわいかったら、わたしもお父さまとお母さまにやさしくしてもらえたのかな。いい子じゃないから、しかられるの。アンジェラね、いい子にしたいのに、じょうずにできないの」

彼女の居室は広い。

たった五歳の少女ひとりに与えるには、広すぎて寂しくなる贅沢《ぜいたく》な部屋だ。

ああ、そうか、とタイガは思った。

この子が王太子の婚約者になったのは、きっと大人たちの思惑に過ぎない。

けれど、自分だけがアンジェラを愛して、守っていくことのできる存在なのだ。

――大人になって、結婚して。そうしたら、この子を泣かせないようにする。

ふかふかの体毛に涙をこすりつけて、アンジェラは必死に自分を鼓舞していた。

「がんばる。がんばって、お父さまとお母さまをこまらせないようにする。それで、弟を抱っこさせてもらうの。アンジェラ、ちゃんとがんばれる」

タイガの前にいるときとも違う、取り繕わない表情。

子虎として接していれば、普段は見られない彼女を見られる。

それに気づいて、タイガは以降もアンジェラのもとをこっそり訪れた。

彼女はタイガを猫と信じて『マロン』という名をつけてくれた。

名前の由来は、アンジェラの大好物である。

タイガがそばに行くと緊張して、何かしら失敗してしまうアンジェラを守るため、そのころにはなるべく距離を置くようになっていた。

アンジェラを疎ましく思ったわけでは決してない。

ただ、彼女が失敗して苦しむのを見たくなかった。

婚約者でなくなれば、彼女は王宮で緊張しなくて済む。

自分の婚約者となったことでいっそうアンジェラを悲しませているかもしれないと懸念したこともあった。

しかし、彼女の黒髪をディライン家の者たちは忌避する。

あの家から出れば、誰もが称賛するだろう美しい髪なのだ。

彼女が一日も早くディライン家を出られるよう、婚約者としてタイガはアンジェラを庇護《ひご》する決意を固めた。

何しろマロンとして普段のアンジェラを見ている分、いかに努力しているかも知っているからこそ、彼女を泣かせたくない。

また、マロンとしてアンジェラの近くにいられるから、タイガとして会うときに近づけないのをつらく感じずにいられた。

――この子は、俺が守ってあげなくちゃ。守ってあげるために、近くにいるときは話しかけないようにしよう。俺が話しかけるとアンジェラはいつも失敗してしまうから……。

「マロン、だーいすき。ずっといっしょにいてね」

この姿ではなくとも、一生そばにいる。

だから、今はタイガとして優しくできないことを許してほしい。

アンジェラがもう少し大人になって、緊張しても失敗しないようになったら、そのときには彼女に笑いかけることもできるはずだ。

「マロンがいてくれるから、がんばれるの」

その言葉が嬉しかった。

嬉しくて、嬉しくて、悔しかった。

十歳になるころには、アンジェラは凛《りん》とした美少女に育っていた。

十五歳のアンジェラも、十七歳のアンジェラも、タイガはずっと見守ってきた。

そして十九歳。

彼女は、あと数カ月で王太子妃となる。それなのに——。

『僭越ながら、今後の互いの人生を有意義に過ごすため、わたしとの婚約はどうぞ破談にしていただければと考えております』

タイガの誕生日に、彼女は婚約破棄を提案してきたのだ。

絶対に許さない。

——きみが思うより、俺はずっときみを愛している。

もう愛玩動物としてそばにいるだけでは、足りなくなってしまった。

マロンである自分に嫉妬する日々は、終わりだ。

彼女は永遠に、この腕から逃れられない——。


「タイガ殿下？」

「あ、ああ。失礼した。幼い日のアンジェラのことを思い出していた」

エマとお茶をしていたのに、記憶の反芻《はんすう》に夢中になってしまった。

「まあ……！　おひとりでご堪能されるのはずるいです。アンジェラさま親衛隊の仲間であるわたしにも、ぜひ教えてください。お小さいころのアンジェラさまを知りたいです！」

「今と同じくらい、かわいい子だった」

「はい」

「それから――」

タイガはいつからアンジェラ親衛隊の仲間になったのかはわからないけれど、愛しい彼女をともに語ってくれるエマの存在はありがたかった。

「あ、そういえば来週末の舞踏会にはアンジェラさまをお連れするんですか？」

「そのつもりでいる」

「はわあ～。では、殿下とアンジェラさまが並んでいる姿を見られるんですね。眼福です……」

エマの言葉を聞いて、なるほどそのふたりが並んでいるところは当事者であるタイガには決して見られないと気づいた。

自分で自分の姿を見ることはできない。

それはまるで、恋をするのと似ているような気がした。

† † †

タイガとのデートを終えて王宮に帰ってきたアンジェラは、あまりの幸福すぎる一日を思い出して長椅子に倒れ込む。

――あんなに優しい人が、わたしの婚約者……！

今日は朝から、馬車を準備して部屋に迎えに来てくれた。

結ばれたことはふたりだけの秘密――実際は侍女たちも察しているだろうが、表立って口にするものはいない。

けれど、タイガは一度関係を持ったからといって、毎晩要求してくる野獣ではなかった。

二度目のお誘いがないのを少し不安に思っているけれど、愛情は率直に伝えてくれる人だから、きっと不満も口に出してくれると信じよう。

「アンジェラさま、どうかされたのですか？　ああ、こんなところでお休みになっては……」

「レナ、わたし、幸せなの」

いつものアンジェラらしくないとわかっていたけれど、心が浮足立って地面から数センチ浮いているようだ。

――タイガがわたしを愛してくれている。海辺のピクニックなんて、生まれて初めてだった。タイガに愛してもらえるなら、ほかに何もいらない……。

そう思っている間も、頭のどこかで「命も？」「命もいらないの？」と声がする。

恋と命のどちらかしか手に入らないとしたら、今のアンジェラは間違いなく恋を選んでしまう。

けれど、それでほんとうに命を落としてもいいということではないのだ。

――どちらもほしいに決まってる。大好きな人と、この先もずっと一緒に生きていきたいと願うのは当たり前だわ！

「お幸せなのはよろしゅうございました。ところで、タイガ殿下が手配してくださったドレスが予定より早く届けられたようです。今から受け取りにいってきますので、アンジェラさまは長椅子ではなく寝室でお休みになってくださいませ」

「そうね。わかったわ」

ドレス一式が届くとなれば、レナひとりで運べるものではない。

さすがにほかの王宮侍女や侍従の前で、こんな姿をさらすわけにはいかず、アンジェラは起き上がると寝室へ向かうため立ち上がった。

ふと、姿見の前で足を止める。

そこに映る自分は、以前とどこか違って見えた。

――レナの前でも、ほぼ素で話すようになってしまったし、前世を思い出す前のわたしとは変わってきているのかもしれない。

だとすれば、結末だって変化するのではないだろうか。

頭のどこかに、いつもバッドエンドがかすめる。

今はこんなに幸せだが、本来のアンジェラ・ディラインがたどるべき道を考えてしまうのだ。

──でも、それって……。

今日の幸福が、明日もかならず続く、約束された世界なんてどこにもない。

永遠がなくても、人間は生きていく。

この世に生まれてくるということは、いずれ神に命を返す契約でもある。

だとしたら、ゲームのアンジェラがバッドエンドを迎えるからといって、自分もそうなるのだと嘆くのは愚かな話だ。

明日がわからないのは、アンジェラだけではない。

誰もが今日という一日を必死に生きて、明日に夢を見る。

──わたしは、わたしの恋を精いっぱい大切にしよう。

コンコン、とノックの音がした。

返事をするより先に扉が開いたのは、アンジェラが居室にいないとレナが想定していたからだろう。

「アンジェラさま、失礼いたします。タイガ殿下からの贈り物を運んでまいりました」

「ありがとう。ずいぶんと……たくさんある、のね」

アンジェラが目を瞠ったのも無理はない。

ドレス一式と聞いていたけれど、どう考えてもドレスだけで四、五着はありそうだ。

帽子専用の箱が三つ、靴にアクセサリー、羽扇や手袋。

次々と運び入れられる装飾品に、頭がくらくらしてきた。

荷物の運搬が終わると、侍女たちがせっせと衣装部屋に箱の中身を片付けはじめる。

それが終わるのを待って、アンジェラは昨日厨房からタイガが持ってきてくれた焼き菓子の銀盆をテーブルに置いた。

蓋を取ると、クッキーがたっぷりと盛り付けられている。

「いくつも運んでもらってありがとう。よろしければ、お茶をいかが？　お菓子もじゅうぶんにあるので、食べるのを手伝ってくださると助かるのだけど、どうかしら」

部屋に来ていた侍女四名が、驚いた様子で顔を見合わせる。

「レナ、彼女たちにお茶の準備をお願いできる？」

「かしこまりました」

――タイミングがよかったわ。さすがに、このクッキーをひとりで食べるのは体重が不安だもの。新しいドレスだって、入らなくなるかもしれない！

アンジェラにすれば、特に侍女たちに取り入ろうと思っての行動ではない。

若い女性が複数いるなら、菓子の消費もはかどろう。

「ほんとうによろしいのですか、アンジェラさま」

「もちろんよ。わたしのほうからお誘いしているんですもの」

まだ困惑気味の侍女たちに長椅子を勧めると、先日飾りボタンの件で話したことのあるアイシャが「ありがとうございます。失礼いたします」と元気よく腰を下ろした。

それに続いて、ほかの侍女たちも並んで座る。

ファディスティアの王宮には、多くの侍女がいる。

侍女たちは皆、身元のしっかりした者に限られていた。

多くは下級貴族の令嬢であり、そうでない者は血縁者が王宮で働いていたという実績がある。

稀に貴族家で推薦されて面接を受ける場合もあるが、誰彼構わず雇用される場ではない。

アンジェラのもとで働くアイシャたちの中には、貴族の血を引く者はいない。

おそらくタイガが、配慮してくれた結果だ。

なんらかの軋轢が発生しないよう、考えてくれているのだろう。

レナがお茶を運んできて、アンジェラのお気に入りの紅茶を皆に振る舞ってくれた。

予想どおり、侍女四名とレナとアンジェラ――総勢六名の女性たちがいるおかげで、銀盆いっぱいだったクッキーはきれいになくなった。

「今日は皆さんがいてくれたおかげで助かりました。荷物の搬入や片付けもそうだけれど、あの大量のクッキーをひとりで食べずに済んでほっとしたわ」

これまで、アイシャ以外の王宮侍女たちはいつもムッとした顔で、アンジェラと関わるのを避けているように見えた。

いや、正しくはアイシャだってあの夜に部屋を訪れてくれるまでは、その中のひとりだったのだ。

人間は群れになるとひとりひとりの顔がよく見えない。

集団の意見は、個人の考えと異なっていることもある。

「アンジェラさまが、わたしたちのためにお茶やお菓子をご用意くださるだなんて、恐れ多くもありがたいことでございます。でも、どうぞ今後はお気遣いくださりませんよう。わたしたちは仕事をしているだけなのですから」

「お仕事の邪魔をしてしまったならごめんなさい。でも、ほんとうに焼菓子の山を前に困っていたの。迷惑でなければ、またお茶につきあっていただきたいわ」

「はい！　わたしでよければぜひ！」

元気よく右手を挙げたアイシャに、侍女たちがくすくす笑い出した。

——よかった。笑ってくれた。

侍女たちを見送ると、今度こそアンジェラは寝室に向かった。

ベッドの上のぬいぐるみを抱きしめて、目を閉じる。

まぶたの裏には、タイガの笑顔が浮かんでいた。

† † †

ヨシュリー卿《きょう》は、タイガの大叔父に当たる人物だ。

先代王の弟で、今はファディスティア王国の中枢に立ち、国のために尽力してくれていると聞く。

今宵《こよい》の舞踏会は、そのヨシュリー卿の屋敷で開催された。

――このドレス、何度見てもほんとうに美しいわ。似合っているといいのだけど。

タイガの準備してくれた中から、紫色に金糸の刺繍がほどこされたドレスを選んだ。

アンジェラの瞳の色に近い色味のドレスを、レナが絶賛してくれた。

それに、金色はタイガの色だ。

彼の隣に並ぶからには、何かしら金色を入れたほうがバランスがよく見える。

会場に足を踏み入れたアンジェラは、天井の大きなシャンデリアに目を奪われた。

「なんて素晴らしいシャンデリア……！」

「大叔父の自慢の一品だ。海外から呼び寄せた職人二十名がかりで制作したらしい」

「まあ……！」

大きいだけではなく、印象的な意匠に感じられるのは、ファディスティアにない文化をもとに作られたからなのだろう。

異国の情緒をにじませたシャンデリアを見上げて、大広間の壁際に立つアンジェラは胸元で両手を組んだ。

「きみがそんなに夢中になるなら、王宮にも同じものを注文すべきだろうか」

「いえ、結構です。王宮には、すでに名だたる芸術家が手掛けたシャンデリアがおありでしょう?」

「俺がアンジェラのために、そうしたいという話だ」

「……タイガ、国の予算を私欲のために使っていては暗君になりかねません」

いずれ王となる彼だからこそ、妃のために無駄遣いをしたなんて言われかねない行為は避けたほうがいい。

「アンジェラは、寵愛《ちょうあい》の証として贅沢品《ぜいたくひん》を望むタイプではない。わかっているのに、ついきみの気を引きたくなる。寝室でなら、もっと自信を持てるのだがな」

「こ、こんなところで何をおっしゃるのですか……!」

美しい唇が、あられもないことを紡いだため、アンジェラは慌てて彼の言葉を遮った。

不思議なものだ。

長い時間、彼の婚約者として生きてきた。

アンジェラの人生のおよそ四分の三は、王太子の婚約者という肩書があったというのに、前世を思い出したことでふたりの関係が一気に変化したように思う。

——タイガは、もともとこういう気質の持ち主だったのかしら。今まで、わたしには見せていなかっただけ?

「タイガ殿下、それにディライン家のご令嬢もご一緒でしたか。今夜は殿下がいらっしゃると聞いて、お会いできるのを楽しみにしていました」

「抜け駆けはずるい。殿下、わたくしも殿下のご参加を聞いて馳《は》せ参《さん》じたのです」

「私も」

「私もでございます」

ふたりが黙って立っていると、いつの間にか周囲に人だかりができていた。

無理もない。

タイガはあまり夜会の類《たぐい》を好むほうではないため、社交の場に姿を現す機会は少ない。

貴族たちが彼と親しくなりたいと思えば、こういう席で話しかけるのが定石だろう。

——だとしたら、わたしは邪魔かもしれない。少し離れて壁の花を担当するのがよさそう。

「殿下、わたしはあちらで休んでまいります。皆さまとゆっくりご歓談くださいませ」

「アンジェラ、だが——」

彼が何か言いかけたところに、ずいとほかの者が割って入る。

本来ならば、婚約者と同行しているタイガに対し、こういった行動は無礼に当たる。

けれど、皆が知るタイガとアンジェラは、形ばかりの婚約者。

タイガがアンジェラにすげないことは誰もが知るところであり、ふたりが並んで舞踏会に来ることなどこれまでなかった。

——つまり、この人たちにとってわたしは、配慮する必要のない存在ということね。

名家の令嬢であれども、アンジェラがディライン家で冷遇されていることすら、貴族たちは噂で知っている。

好意的ではない視線にさらされながら、アンジェラは背筋を伸ばして生きてきた。

いついかなるときも、タイガの婚約者として後ろ指を指されることのないよう、必死で自分を律してきたのだ。

——だから、大丈夫。わたしはこの程度で傷つかないわ。

タイガから離れて立っていると、入り口からワッと声が聞こえてきた。

「どなたがいらしたの？」

「エマさまよ。ヒュワーズ公爵とご一緒らしいわ」

着飾った令嬢たちが、話しながら入り口に視線を向けている。

ヒュワーズ公爵——ジェラルドの名は、アンジェラもよく知っていた。

若くして爵位を継いだ彼は、『紅き夜のエクリプス』でも人気のある攻略対象である。

キャラクターとしては、プレイボーイ。

けれど、エマと出会って真実の恋を知り、女性の扱いには慣れているはずなのに不器用な愛情を捧《ささ》げてくれる人物だ。

——エマはタイガルートにいると思っていたけれど、違った？

期待に心臓が大きく跳ねる。

誰にも傷ついてほしくない。それは、エマだってそうだ。

彼女がタイガと結ばれる運命でないほうが、心置きなくタイガを愛することができる。

「アンジェラさま、いらしていたのですね」

考え込んでいるところに、エマとジェラルドが近づいてくる。

はちみつ色の巻き毛を揺らす彼女は、誰の目にも可憐で愛らしく映るだろう。

「ごきげんよう、ヒュワーズ公爵、エマ」

小柄なエマを守るように、ジェラルドはぴたりと彼女に付き従う。

甘い顔立ちとセクシーな泣きぼくろ。

もし、ほんとうにエマがジェラルドを選んだのなら、悪役令嬢アンジェラの出番はゲーム本編から考えるとほとんどない。

「今日のアンジェラさまは、いっそうお美しいです。タイガ殿下もさぞ鼻が高いことでしょう」

「エマこそ、バラのようなドレスがとてもお似合いね」

――こんな可憐なデザイン、わたしが着たらきっと笑い者だわ。

「……アンジェラさま」

「何かしら」

「少し、こちらを見てください」

「？」

じっと見つめられて、アンジェラもエマを見つめ返す。

妙な緊張感があるけれど、どうかしたのだろうか。

「………何か、あったのですか？」

神妙な顔をしたエマに、アンジェラは黙って首を傾げた。

「いつものアンジェラさまより、今宵はぐんと表情が柔らかく感じます！　それに、目が以前よりも優しくなられました。お化粧を変えただけにも思えませんし、殿下との間に何かあったのですね！」

動物的なまでのエマの直感に、さすがのアンジェラも息を呑んだ。

「な、何を言っているの。エマ、あなたにはマナーをご教示したはずです。そのような発言は、淑女としていかがなものかと――」

「わかっています。でも、わたしは嬉しいんです。アンジェラさまとタイガ殿下の恋愛成就は、わたしの悲願でもありますから！」

ほんとうに、なぜ彼女はここまでアンジェラの恋路を応援してくれるのか。

理由はわからないものの、悪意があるわけではないと放置してきた。

「ねえ、見て。アンジェラさまとエマさまよ」

人混みの中から、誰かの声がする。

「ほんとうは、タイガ殿下はエマさまをお気に入りだってもっぱらの噂じゃなくて？」

「わたしも聞きましたわ。それで、殿下のお誕生日のときにアンジェラさまがわざとエマさまの馬車にぶつけさせたのでしょう？」

社交界というのは、どこも同じだ。

狭い世界で、いつまでも同じ話題をこすり続ける。

なんなら、話すほどにその話は現実から遠ざかり、噂好きの貴族たちによっておもしろおかしく改《かい》竄《ざん》されていくのに。

「でも……アンジェラさま、以前とは何か違って見えるわ」

——え？

今のは、誰の声だろう。

思わず視線をさまよわせると、見覚えのある令嬢がちらちらとこちらを気にしている。

「以前と違うってなんのことですの？　あの方はいつだって、王太子殿下の婚約者であることをかさに、威張っていらっしゃるじゃありませんか」

「そんなことないのでは？　エマさまがあんなになついているんですもの」

「あら、エマさまを犬か猫のような言い方をして、悪い人」

「だって、もともとは市井の出でしょう？　侯爵家のご令嬢といえども、わたくしたちとは出自が違いますわ」

話の流れは、エマの生まれへと向けられる。

——そんなの彼女が選べることではないとわからないのかしら。エマは、どんな気持ちで聞いているんだろう。

そう思ったときには、アンジェラはコツ、コツ、と真新しい靴のかかとを鳴らして歩きだしていた。

「アンジェラさま、どちらに……？」

自分の噂話だって耳に入っているだろうに、エマはそんなことよりアンジェラの動向を気にしている。

ほんとうは、アンジェラも気づいていた。

最近、身近な王宮侍女たちの態度も軟化してきている。

また、アンジェラが王宮に暮らしていることを知る者たちは、タイガがいかにアンジェラを溺愛しているかも噂に聞いているようだ。

周囲の目が、少しずつアンジェラに優しくなってきていることを考えれば、今こうして余計なことをするのは賢いとは言えない。

――だけど、放っておくのはアンジェラ・ディラインの流儀じゃないの。

「あなたたち」

羽扇を手に、アンジェラは意図して高圧的に呼びかける。

先ほどまで噂話に興じていた令嬢の集団が、びくりと肩を震わせるのがわかった。

「あ、アンジェラ、さま……」

「ごきげんよう、皆さま。今宵はお会いできて嬉しいわ。ところで、わたくしがしばらくお目にかからなかった間に、ずいぶんと品のないお話がお好きになられたようね」

「それは、その……」

彼女たちは、そろってうつむく。

それもそうだろう。

アンジェラの背後にエマがジェラルドと立っているのも見えたはずだ。

こんな至近距離で、相手の耳に入る噂をするなんてお世辞にも上品な振る舞いとは言えない。

「わたくしのことを言うのは、どうぞご自由に。けれど、エマはそんなふうに言われる人ではなくてよ。彼女の出自がどうであれ、あれほどの努力家で勉強家をわたくしはほかに存じませんわ」

エマが、アンジェラのもとでマナーを学んでいたことは周知の事実だ。

言外に、「あなたたちよりエマのほうが優れている」と言っている。

それに反論する者はいなかった。

「誰かを貶《おとし》めたところで、自分が上に行けるわけではありません。それもおわかりにならないのでしたら、もう一度家庭教師をつけたほうがよろしいのではないかしら」

言いたいことを言い終えると、アンジェラはドレスの裾をふわりと揺らしてもといたエマたちのところへ戻っていく。

——これで、わたしの評判はまた悪くなる。イジワルで鼻持ちならない、身分と立場の七光りだけで偉ぶっている悪女と言われるでしょうね。でも、それでいい。わたしには、わたしの矜持がある。

「……アンジェラさまっ！」

「きゃ⁉」

突然、正面からエマが抱きついてきて、アンジェラはバランスを崩しそうになった。

「わたし、わたし、嬉しいです。アンジェラさまがそんなふうに思っていてくださっただなんて感激です……」

「別に、あなたのためにしたことではないわ。わたしが、努力をしない人間をよく思っていないだけのことですもの」

「いいえ。アンジェラさまは、ご自身が何を言われてもいつだって反論なんてなさらなかったわ。でも、わたしを思って言ってくださったんでしょう？」

エマの言うとおりではあるけれど、ここで素直にうなずいたとて、周囲は「悪女アンジェラが、健気なエマを懐柔している」と思うに違いない。

まったくもって、社交界という場所は厄介だ。

「ブラボー、アンジェラ嬢。あなたの勇気と聡明《そうめい》さに拍手を送りましょう」

――ジェラルド、こんな局面で無駄に女慣れした面を発揮しなくていいのよ……。

はあ、とため息をひとつ。

「エマは感情が昂ぶっているようですわ。ヒュワーズ公爵、彼女をダンスに連れていってあげてはいかがかしら？」

「よいアイディアですね。さあ、エマ。俺と踊ってくれませんか？」

「……はい、喜んで！」

まなじりを赤くしたエマが、幸せいっぱいの笑顔でうなずく。

ふたりが中央のダンスフロアへ向かうのを見送って、アンジェラは給仕から飲み物をもらった。

――それにしても、エマとジェラルドが親しいだなんて、今まで一度も気づかなかったけど。

こうして見ると、ふたりはとてもお似合いだった。

「見ました？　先ほどの……」

「ええ、この目でしっかりと見ていましたわ」

まったく、懲りない人たちだ。

アンジェラの行動を見ていたらしい女性たちの声が聞こえてくる。

けれど、自分を悪く言われるのは慣れているからかまわない。

――慣れたところで傷つかないとは言わないけれど、目に見えるものだけを信じる人たちにはわからないでしょうね。

「ステキでしたわね！」

「ええ、とっても！」

――ん？

予想外の展開に広がる会話に、アンジェラは自分のことではないのかもしれないと思う。

「あんなふうにご自身の意見をはっきり言えるからこそ、アンジェラさまはタイガ殿下の婚約者に選ばれたのでしょうね」

「まあ！　わたくしも同意見ですのよ。以前から、正義感にあふれる彼女のことを、とても素晴らしい女性だと思っていましたの」

「ねえ、先ほどの啖呵《たんか》、お聞きになって？」

「今、ちょうどその話をしていたところよ。あなたも聞いていたのね」

「アンジェラさま、よくぞ言ってくれたと――」

相手に気づかれないよう、そろりと視線を向ける。

そこにいるのは、子爵、男爵の令嬢たちだ。

何かが、変わってきている。

そのことを、アンジェラは肌で感じ取っていた。

「失礼、もしよろしければ一曲いかがですか？」

ずい、と目の前に白手袋をした手が差し出される。

「ずるいぞ。先にお声をかけようとしていたのは、私のほうだ。どうぞ私の手をお取りください」

「あ、あの……」

彼らは、自分を知らないのか？

「アンジェラ・ディライン。あなたの美貌は以前から存じていましたが、今宵はまるで別人のようですね」

「殿下がいない間に、どうか一曲だけでも」

——知っていて、誘ってるってこと⁉

さすがに気まずい。

アンジェラは、羽扇で口元を隠して彼らの申し出を断った。

時流の変わる瞬間を、目撃したような気持ちがする。

このまま、もっと大きな波紋となってくれれば——。

——嫌われ者の悪役令嬢でなくなったら、タイガと結婚しても彼の評判を落とさずに済むかもしれない。

それはなんと喜ばしいことだろうか。

ゲームと道筋を違《たが》えていても、アンジェラの評判が悪ければタイガの治世に影響が出る。

自分が変われば、未来が変わる。

——ねえ、『アンジェラ』。あなたにもわかるでしょう？

自分の中にいる、前世を知らないころの自分に伝えたい。

清く正しく美しく生きることは間違っていなかった。

けれど、弱さも兼ね備えてこその人間なのだ、と——。

「アンジェラ」

速足で近づいてきたタイガが、右腕を伸ばしてアンジェラの腰を引き寄せる。

「で、殿下、何を……」

「やっと自由になれた。せっかくきみと来たのに、邪魔をされてはたまらない。このあとは、ずっと寄り添っていよう。そうすれば、きみが逃げ出すこともない」

冗談なのか本気なのかわからない口調で、タイガが告げる。

ほんとうにそうであればいいと、アンジェラが思っていることを彼は気づいているだろうか。

――ずっと寄り添っていたいのは、わたしの願いそのもの。

「ふふ、それは難しいことではありませんか？　殿下に挨拶したい方はたくさんいらっしゃいますのよ」

「だったら、ダンスに興じよう。踊っているところに話しかけてくるほど野暮《やぼ》な者もいないだろうからね」

アンジェラの手を取り、彼は大広間の中央へ向かう。

楽団の奏でる美しい音楽と、夢のようなシャンデリアの明かりの下。

ふたりは目と目を合わせて、ステップを踏み始める。

「まあ、見て。タイガ殿下とアンジェラさまよ」

どこかで、誰かがふたりの名前を口にした。

どんな噂も怖くはない。彼がいない未来のほうが、よほど恐ろしい。

――ねえ、タイガ。わたしは今、とても幸せ。心の底から、この瞬間を望んでいたの。

「きみが美しすぎるせいで、俺がどれほど心配しているかわかるかい？」

「そんなこと、初めて聞きました」

「王太子の想い人だと知っていても、横恋慕してくる者が現れるかもしれない」

「……今まで、ひとりもいませんでしたけど？」

「だが、今夜のきみを見て変わったと言う者が多い」

タイガの耳にも入っていたのか。

「色香あふれる、やわらかな笑み。きみの変化が、俺に抱かれたせいだとはさすがに吹聴《ふいちょう》できないからな」

「足を踏まれる覚悟がおありなら、試してみては？」

「アンジェラにならら、いっそ踏んでもらいたいくらいだよ」

「もう！」

親密な笑顔をかわして踊るふたりを、会場の皆が見つめていた。

ある者は微笑ましく、またある者は憎々しく。

それぞれの思惑は違えども、若く美しい王太子と婚約者から目が離せないのには違いない。

曲調がワルツに変わると、タイガがアンジェラを強く抱きしめた。

——何……？

不意を突かれて、アンジェラが彼を見上げる。

そのタイミングを待っていたとばかりに、タイガが大胆なキスで唇をふさいだ。

「んっ……！」

これだけの人に見られながらくちづけをかわすだなんて、誓いのキスの前哨戦《ぜんしょうせん》というにはあまりに恥ずかしすぎる。

なのに、タイガは平然と舌を絡ませてきたではないか。

――な、なんで⁉

ワルツの輪の中、アンジェラは次第に何も考えられなくなっていく。

キスが思考を奪っていった。

そして、やっと彼が唇を離したときには、膝の力が抜けている。

「……っ、わ、わたし、帰ります！」

「アンジェラ！」

よろけながら会場を逃げ出すアンジェラを、タイガが追いかけてくるのがわかった。

――あんなところで、あんないやらしいキスをするだなんて！　信じられない！

まだ体の奥に甘い余韻が残っている。

むしろ、このままタイガにすべてあずけてしまいたいと思った自分がいるのだ。

キスだけでは足りない。

――タイガが、わたしをそうしたのよ。わたしのせいじゃないんだから。わたしはただ……。

彼に、恋をしただけ。

「アンジェラ」

背後から腕をつかまれたのは、馬車の目の前でのことだった。

「なぜ逃げるんだ。ずっと寄り添っていたいと伝えたはずだろう?」

「タイガが、あんなところでキスをするのが悪いんです!」

「人前だから、恥ずかしかったのか」

「……っ、それだけじゃなくて……!」

キスに蕩《とろ》けて、感じてしまった。

——そんなこと、言わせないでよ。

「だったら、馬車の中で隠れてキスをしよう」

「タイガ……?」

「キスの先も、きみが望んでくれるなら、ぜひ」

「タイガ、ちょっと待って、あの、本気で言っているの……!?」

さあ、どうだろうね、と彼が甘く微笑んだ。

遠くから、ワルツが聞こえている。

ふたりきりのダンスを踊るには、馬車は狭すぎやしないだろうか。

アンジェラは彼にうながされるまま、夜空の下、馬車のステップに足をかけた——。

第四章　王太子は永遠に悪役令嬢を溺愛する

ぎっ、ぎっ、と馬車が揺れる。

外から見ようものなら、中で何が行われているか邪推されてしまうに違いない。

そして、その想像はおよそ現実として行われていた。

「タイガ……、ぁ……」

ドレスの裾が、座席に大きく広がっている。

「もっと俺にしがみついて。アンジェラ、すべて、俺がしてあげる」

座席に座るタイガの上に、向き合って座るアンジェラは、決して令嬢が人前で見せてはいけないほどに脚を開いていた。

彼の太腿を跨いでいるのだから、それも仕方あるまい。

細身に見えてしなやかな筋肉をまとうタイガの腿は、固くたくましい。

互いの敏感な部分を直接こすり合わせながらも、ふたりはまだつながってはいなかった。

——ほしい、ほしくておかしくなりそう。こんなにも感じているのに、タイガを体の中に受け入れないと物足りないだなんて……。

アンジェラは、タイガの首にしがみついている。
ドレス越しだというのに、ふたりの心臓の音が重なっているのを感じられた。
両手でアンジェラの細腰をつかんだタイガは、筋力を用いて腰を突き上げてくる。
彼の張り詰めた亀頭が、ぷっくりと膨らんだ花芽を責め立てた。
ひりつくほどに感じている敏感な突起は、すでに二度も達したあとだ。
しとどにあふれる蜜が、ふたりの動きをなめらかにしていく。
彼の雄槍は、すでに根元までアンジェラのこぼした蜜にまみれていた。
「く……っ、初めてきみに触れた夜は、それだけで充足していたというのに……」
「タイ、ガ……?」
薄闇の中、彼がせつなげに微笑む。
彼も同じ気持ちでいるのだろうか。
これは、欲望か。それとも愛か。
どちらでも構わないと思うのは、情欲に突き動かされる体。
だが、愛でなければなんだというのだ。
こんなにも深く欲するのは、彼を愛しているゆえだとアンジェラは知っている。
だからこそ、彼も同じであってほしいと祈るのだ。
「足りない。今では、きみのすべてを食い尽くすことを望んでしまう」

「……っ、わたしも、同じ……」

「アンジェラ？」

「足りないの。だけど、ここではいや……」

もし。

彼が、ここで最後までアンジェラを味わい尽くしたいと望んでくれたなら、きっとすべてを差し出してしまう。

だからこそ、あえて馬車の中ではしたくないと告げた。

自分の醜聞は耐えられても、王太子である彼にはひとつの瑕疵《かし》もあってはいけない。

——わたしのせいで、タイガが悪く言われるのだけは……。

「帰ろう。王宮へ帰って、きみを愛したい」

「タイガ……」

きつく抱きしめ合うほどに、もどかしさが募る。

この恋を見つめているのは、天ににじんだ朧月《おぼろづき》だけだった。

† † †

「エマ、あなた騙されているのよ」

ひとりの令嬢が、エマ・グローブスに近づいてささやく。

「騙されている？　わたしが？」

エマはきょとんとして、この世に悪など存在しないと信じる瞳をしていた。

「そうよ。アンジェラさまったら、体でタイガ殿下をつなぎ止めて、あなたから奪おうとしているの。ほんとうは、エマだって殿下のことを想っていたんでしょう？」

「ちょっと話が見えないのだけど、どうしてそう思ったの？」

「だって、殿下はいつだってアンジェラさまに冷たかったじゃない。それなのに、あなたと話しているときだけは幸せそうに微笑んでいて――」

「ああ、それを誤解されてしまったのね」

驚いた様子の令嬢に、エマがにっこりと笑顔を向ける。

「あれは、殿下がアンジェラさまの話を聞かせてほしいというから、マナーを教えてくださるときの彼女のことをお伝えしていたの。だから、殿下が微笑んでくださるのはアンジェラさまの話題のときだけなのよ。うふふ、殿下と親しくなりたいなら、みんなもアンジェラさまのお話をすればいいのにね」

エマにしてみれば、最初からタイガとアンジェラは互いを意識しあうかわいらしいカップルだった。

それに、幼いころから十年以上も婚約者として暮らしてきたふたりの間に割って入るだなんて、考えも及ばない。

「無理しなくていいのよ、エマ」

「無理をしているのは、あなたたちのほうだと思うわ」

「……エマ……？」

「ねえ、わたしをアンジェラさまの対抗馬にしたところで、本気で戦えるなんて思っていないでしょう？　なんとなく、役に立たないかわいいだけのわたしを、推してくれているのよね？　そういうのってちょっと迷惑なんだなあ。だって、わたしがタイガ殿下とうまくいったら今度はわたしの邪魔をするの、目に見えてるんだもの」

すべてわかっていて、知らないふりをしてきたのだ。

同時に鈍感なふりでタイガとアンジェラの恋も応援してきた。

別人のようなエマの話しぶりに、相手が困惑しているのも気にしない。

エマは、ふう、とひと息ついてから、話を続ける。

「人畜無害なかわいいわたしを生贄にするのは、たいそう気持ちよかったでしょうけれど、もうあなたたちのお遊びにつきあうのはおしまい。わたし、ジェラルドと結婚するって決めているの。だから、あなたたちも人の恋路を邪魔してばかりいないで、自分の恋をがんばってね。応援してる！」

鳩《はと》が豆鉄砲を食ったような顔をした令嬢を残して、エマは恋人のもとへ駆けていく。

さて、彼女も実は『紅き夜のエクリプス』世界に転生してきた人物なのだが、その事実を知る者はいない。それはまた別のお話――。

†　†　†

寝台に下ろされて、アンジェラはせつないまなざしをタイガに向ける。

彼の背後に見える天蓋布は、アンジェラが普段使用しているベッドとは違っていた。

ここは、彼の——王太子タイガの寝室である。

ドレスの裾が、はしたなく太腿までめくれ上がっている。

それを直そうと伸ばした手を、タイガが優しくつかんだ。

「タイガ……？」

「何も隠さないで。俺にすべてを見せて」

パニエの下に、彼の手が忍び込む。

靴下留めをはずし、太腿を撫でて、さらに上へと進む手のひらが、アンジェラの呼吸を速くする。

——恥ずかしい。こんな、焦らされるみたいな……。

無意識に、彼の手から逃れる素振りでアンジェラは横向きに体をひねった。

「俺から逃げたい？」

「ち、違う……。違います」

「逃がさないと言ったはずだ」

ぐいと体を持ち上げられ、一気にドレスを脱がされる。

下着姿で、アンジェラはうつぶせにされた。

――タイガ……？　何をするつもりなの⁉

背中に彼の体温がのしかかってくる。

「んっ、重い……」

「こうでもしないと、きみは逃げ出してしまいそうだから」

シルクの下着をめくられ、あらわになった太腿の間に熱く滾《たぎ》ったものが割り込んできた。

「どうして……、あ、あっ……！」

それがなんなのか、アンジェラはもう知っている。

彼の劣情が、内腿を二度三度と往復した。

「まだ、しっとりと濡れているようだな。このまま挿《い》れてしまおうか……。それとも――」

ベッドに押しつけられた胸の内側で、心臓がどくんと大きく跳ねる。

彼の声は、どこか昏《くら》くかすれていた。

慾望か。あるいは愛か。

「まだ焦らして、かわいがるというのも手だな」

急に背中から圧力が消え、タイガが体を起こしたのがわかる。

ベッドに膝立ちになった彼が、アンジェラの腰を持ち上げて膝立ちさせた。

まるで動物のような、四《よ》つん這《ば》いだ。

上半身をベッドにつけている分、腰だけを高く掲げた格好である。

「や……っ、こんな……」

「駄目だ」

柔らかな太腿を左右に割って、タイガがありえないところに顔を近づけてきた。

「！　何……っ、ぁ、ああ！」

濡れた柔肉に、さらに熱いものが触れる。

それがタイガの舌だと気づいたときには、彼は蜜口を舐《ねぶ》っていた。

「ひ、ぁあ、あっ……」

「どんどんあふれてくる。アンジェラの体は、俺に慣れてきてくれたようだ」

「待っ……、ぃ、やぁあ」

つん、と舌先で蜜口をつつかれる。

腰がはしたなく跳ね上がり、内腿に蜜がこぼれていく。

膝まで伝ったそれは、シーツに小さくシミを作った。

「入り口が開閉して、俺を誘っているように見える。ここ、寂しいのか？」

彼の長い指が、そっと蜜口に触れた。

アンジェラは涙目でぶんぶんと首を横に振る。

黒髪が波を打ち、乳房がベッドにこすれた。

「っ……ぁ、んぅぅ……ッ」

何かが入ってくる。

タイガの劣情とは異なる、何か。

「怖がらなくていい。指で中を愛でるだけだ」

「ゆ、び……？　ぁ、あ、やだ、やだ……っ。中にさわるの、ダメ……！」

ほしいのは指ではなく、彼自身だ。

馬車の中で伝えたつもりだったけれど、タイガは何か誤解しているのだろうか。

——それとも、アレが原因？

思い当たるものは、ひとつだけあった。

アンジェラはまだ、彼に自分の気持ちを告げていない。

「ひ、うっ……！」

中指と薬指、二本同時に挿入されて、喉をのけぞらせる。

体が内側から広げられる感覚は、まだ慣れない。

「指に吸いついてくる。アンジェラ、ほんとうに嫌なのか？」

「い……や……、ぁ、あっ」

ずちゅずちゅと彼の指が体内で抽挿を始めた。

体の中に、快感の種がある。

それが一度芽吹くと、果てるまで堪えがきかなくなってしまう。

「指じゃ、んっ……足りない、ぁ、あっ、タイガ……」

「俺がほしい？」

「ほし、っ……んあっ、ふ、タイガが、ほしいの、ほしい、です……っ」

彼の動きが止まる。

手のひらまで滴った蜜を見下ろし、彼が小さく笑った。

「では一度、指だけで達してもらおうか」

「え……、あ、あっ！」

再度の動きに、腰がひくついた。

粘膜はきゅうと絞られ、彼の指を咥え込む。

襞の一本一本を確認するような所作に、アンジェラは顔を真っ赤に染めて枕に抱きつくしかできなかった。

「もぉ、イッ……、イク、イキますから……」

「嘘をついても無駄だよ。俺もきみの体を学んでいる。中が狭まっているけれど、まだ達するほどではないだろう？」

「嘘じゃな、ぃ……ッ、イッちゃう……」

「だったら、イクがいい」

指で蜜路を愛撫《あいぶ》しながら、タイガが内腿にくちづける。

「ひぅ……ッ！」

「きみの体はどこもかしこも敏感だ。腿にキスされて、中がいやらしく締まった」

「あ、あ、違う……」

「違わない。それとも、ここにキスしてほしいのか」

ぐいと腰をひときわ高く掲げられ、指が抜き取られる。

それと同時に、タイガが花芽に唇をつけた。

「っっ……！　ぁ、あ……何、を……⁉」

「アンジェラのいちばん感じるところをかわいがっているんだ」

「やめ……ッ、ぁ、そこで、しゃべらないで……ッ」

ぷっくりと腫れた花芽を唇で食《は》み、彼はやわらかく吸い立てた。

快感が一点に収束する感覚に、アンジェラは喉を震わせる。

泣きたいほどの快楽に、腰が揺れていた。

それとも、自分からタイガの唇に感じやすい部分を押しつけていたのかもしれない。

「イッ……く、ぅ、イク、ほんとに、あ、あっ、もぉ、イクぅぅ……っ」

激しい高波にさらわれて、アンジェラは快楽の果てへと追い立てられた。

けれど、達したあともタイガは許してくれない。

痛いほど敏感なそこに、軽く歯を立てる。

「ひぃッ……、や、怖い……っ」

「傷つけたりはしない。ここを、逃げられないように捕まえてから舐めてあげるよ」

ぴちゃ、ぴちゃり。

子猫がミルクを舐めるように、赤い舌が躍る。

——もう、こんなのおかしくなる。そこばかり責められたら、何も考えられなくなって……！

何度、果てただろうか。

長い時間が過ぎ、アンジェラはベッドの上で壊れた人形のように四肢を投げ出していた。

「アンジェラ、もう限界だね？」

喘《あえ》ぎつづけた喉が、ひりひりと痛い。

弱々しくうなずくと、タイガが体を重ねてきた。

互いの汗ばんだ肌が、しっとりと吸い寄せ合う。その感覚に、喉が詰まった。

「……好きだ」

耳元で聞こえる甘い声が、達しすぎて何もわからなくなった体を、もう一度熱くする。

「あ、っ……」

脚の間に先端がめり込み、柔肉を刺激してきた。

狭まった蜜口に、ぐり、と亀頭が割り込んでくる。

「っっ……あ！　あ、ああ、う……っ」

ずぷ、ずぐ、ずずず……と、体に深く楔が埋め込まれていく。

背面いっぱいに、甘い痺《しび》れが走った。

太い亀頭が浅瀬をこすり、段差のできたくびれに濡襞が絡みつく。

それを振り切って、彼の雄槍が隘路を貫いた。

「うう……、は、ぁ……ッ」

固くたくましい愛杭が、アンジェラの中にみっしりと重圧をかけてくる。

体を押し開かれたまま、体重をかけて押しつぶされ、枕をつかむ手を上から握られた。

身じろぎのひとつも、ままならない。

ただ、彼を受け入れるだけの器官となったアンジェラの上で、タイガが無惨に腰を振る。

「ひァッ……！　ん、んっ、ぅ、く……っ」

初めてのときとは何もかもが違っていた。

つながる角度も、互いの位置関係も、彼を咥え込んだ狭隘《きょうあい》な部分の感覚も。

容赦なく愛されて、アンジェラは高い声で啼《な》いた。

「好きだ、アンジェラ。きみのすべてを俺のものにできたらいいのに」

枕から、アンジェラの手が優しく引き剥がされる。

彼はその手を、指と指を絡めてつなぎ直した。

左右どちらもつないだ格好で、もともとほとんどなかった逃げ場が完全に封じられたようなものだ。

――つながってる……。

体の中も外も密着して、全身でタイガを感じている。

彼の脈動も、浮き出た血管の感触さえも、アンジェラは知ってしまった。

「愛してる」

ずぐっ、と彼が最奥を抉る。

「愛してるよ、アンジェラ」

ずん、ずんっと突き立てられて、内腿が痙攣《けいれん》しはじめた。

「んぁ……っ、あ、タイガ、ぁあ」

「腰が止まらない。きみがほしくて、狂ってしまう」

「んんっ……」

どうしようもないほどに感じきった体が、彼の形に変わっていく。

互いの肌がぶつかる打擲音に合わせ、唇から喘ぎ声が漏れる。

だんだんとタイガの動きが加速していき、今にも吐精するのではないかと思うほど、雄槍が太く張り詰めた。

子種を作る双子の球体が、彼の腰に合わせてアンジェラの花芽を叩く。

――ダメ、もう……。また達してしまう。

そう思ったとき、唐突に彼の手が離れていった。

「え……？　あ、あっ……!?」

両腕をアンジェラの体の前面に回し、タイガがぎゅっと抱きしめてくる。

右手は胸を弄《まさぐ》り、左手は下腹部を指腹で押していた。

何かを探る素振りをする左手の指が、律動に合わせてアンジェラの内臓をぐっと押し込む。

「っっ……あっ、あ、ああっ……」

切っ先が子宮口にめり込むのを、体の外からも確認している。そんな動きだった。

「ここまで、俺のが入ってる」

「や……っ……、お腹、押さないで……」

「ここだよ、アンジェラ」

「ひァああっ……！」

ぎゅうう、と亀頭が内臓を押し上げると、同時に左手が下腹部を押し込む。

外と内から刺激されて、アンジェラは我慢する間もなく達してしまった。

「ひぅ……っ、ぁ、やぁ……んっ……」

ほんの二秒ほどの休憩と、すぐさま始まる激しい律動。

「イク声もかわいい。俺の愛しい人」

「お願い……っ、待って、少しだけ、ぁ、ああ、休ませ……んぅッ……！」

「悪い。待てそうにない」

いっそう速度を上げた抽挿で、タイガはアンジェラを喰《く》らい尽くす。

ベッドごと犯されているような錯覚に陥り、アンジェラは涙声で彼の名を呼ぶ。

感じすぎて、苦しかった。

彼の愛情に押しつぶされてしまいそうだった。

「タイガ……、わたし、も……」

——あなたが好きです。

言葉は、快感の波に押し流されていく。

このまま、彼とひとつになれたらいい。

完全につながって、一体の生き物になれたらいいのに——。

† † †

「……こ、こんな恥ずかしいことをされるだなんて思ってもみませんでしたっ」

アンジェラが顔を真っ赤に染めている。

熟《う》れた果実のようで、食べてしまいたいと言ったら、彼女はいっそう憤慨するだろうか。

タイガは幸福を噛み締めながら、彼女を見つめた。

「タイガ、聞いていますか？　なぜ笑っているんです！」

「ああ、もちろん聞いている。きみの声は、怒っているときも愛らしい」

「！　ぜんぜん聞いてないじゃないっ」

人前では完璧な淑女を演じているアンジェラだが、感情が昂ぶると令嬢の仮面を脱いだ素顔を見せてくれる。

それもまた、タイガにとっては貴重な瞬間だ。

「恥ずかしいと言われてもな。あのまま、諸々の体液がついた体で眠っては、翌朝が気持ち悪いだろうと思ったからしたまでだ」

彼女の言う『恥ずかしいこと』というのは、行為の後半で意識を失ったアンジェラを、つながったままで浴室に運び、浴槽の中で体を清めながらさらにもう一度抱いたことを指すのだろうか。

力を失い、タイガの胸にしなだれかかったまま、快楽に甘い声をあげる姿はこの世のものとは思えないほどに愛しかった。

当然、浴室で彼女が意識を取り戻したあとも果てるまで抱き続けた。

その後、ほとんど動けないアンジェラの体を石鹸で洗って、タオルでしっかりと拭いた。

さて、彼女の怒りを買ったのは、この工程のどの部分だろう。

「っっ……、わたし、自室に戻ります。タイガの部屋で寝起きなんてしてたら、侍女たちにどう思われるかわかりませんから」

「こんな遅くに帰すわけにはいかない。今夜は、ここで一緒に眠ろう」

「できません。だって、タイガはいつも……」

目を伏せて、アンジェラが言葉に詰まる。

いつも、なんだろうか。

「アンジェラ、続きを聞かせてくれ」

「……いつも、その、わたしの知りたいことをごまかして……」

「そうだったか？」

「そうです。す、好きとか、抱きたいとか、食事を食べさせたいとか、そういうあれこれに、わたしはすぐごまかされてしまうんです！」

——困った。俺の婚約者がかわいすぎて、息もできない。

こんなにかわいらしい彼女を、今夜一晩同じ寝台にいて抱きたくならない保証はない。

なんなら、今すぐにでももう一度——。

「だから、部屋に帰ります」

「駄目だ」

バスローブ姿の彼女を抱きとめて、そのまま寝台に引きずり込む。

「……力づくなんて、よくないです、タイガ」

「きみが不安なら、今夜はマロンの姿で眠っても構わない。だから、まずはアンジェラの知りたいことを教えてくれ。俺だって、きみの疑問に答えたい。きみに心から信頼してほしいと願っている」

タイガの言葉に、アンジェラが驚いた様子で目を瞬く。

今まで、いくつも隠していたことを明かしたつもりだった。

もう秘密らしい秘密なんてないと、タイガは思っている。

けれど、彼女にとってはそうではないらしい。

——ならば、なんでも話そう。きみの知りたいことは、すべて。

「……では、婚約を解消したいと告げたあと、いきなり……は、はしたない行為をなさったのはどういう……」

「もちろん、きみをつなぎとめたかった。心を伝えるだけでは、引き止められないと感じたから、既成事実を作ってしまおうかと思った。最後の一線を越えないでほしいと懇願するきみがかわいかったので、なんとか我慢できた」

ひとひらの嘘もない。正直な気持ちである。

アンジェラは眉根を寄せて、難しい顔をしていた。

それもまたかわいい。愛しい。大好きな婚約者だ。

「だったら、長年わたしを無視していた理由は？　目も合わせずにいて、ずっと好きだったなんて言われても、わたしだってびっくりしました」

「俺がそばに寄ったら、きみは緊張して失敗をするから、距離を置いたと以前に言っただろう？　近くにいたら、俺はきみにかまいたくなってしまう。我慢できなくなる。だけど、俺は、きみの邪魔をしたくなかったんだ。緊張させるのも嫌だった。きみには笑顔でいてほしい。だから、俺がそばにいないほうがいいのだろうと、距離を置いた」

「婚約者なのに、ですか？」

「婚約者だから、だ。何しろ、俺には子虎に変身する神通力がある。マロンとしてきみの近くにいられるとわかってからは、結婚するまで距離を置くのも致し方ないと考えるようになった」

「……っ、ときおり冷たい目でわたしを見ていたように思いますが？」

「冷たい目？　そんな記憶はない。俺はいつだって、周囲にもきみにもバレないよう、留意してアンジェラを見つめていた。見ることすら罪なのか？」

アンジェラが、唇をとがらせる。

子どものころの彼女は、泣きたいのを我慢するときに同じ表情をしていた。

それを思い出し、タイガは慌てて弁明する。

「すまない。きみを傷つけていたなら謝る。だが、俺はきみを冷たい目で見ていたつもりはなかったんだ」

「……し、信じます」

ほっと安堵の息を吐いて、タイガは彼女に微笑みかけた。

この心をナイフで切り取って見せることができたら、どんなにアンジェラは安心してくれることだろう。

初めて会ったときから、ずっとアンジェラだけを想って生きてきた。

そしてもうすぐ、やっと彼女は自分だけの妻となる。

「エマとのことを、聞いてもいいですか？」

「エマ・グローブスか」

「はい。彼女とは、いつも楽しそうにお話をしていらっしゃいましたよね。ときどき、王宮にも呼んでいたようですし……」

そこまで知られていたなら、誤解されるのも無理はない。

タイガなりに誠実であろうとして、彼女が来ているときには部屋にふたりきりでこもるのは避けてきた。

部屋の扉は開けておいたし、場合によっては王宮の侍従や侍女が同席したことだってある。

——それでも、なるべく人目を避けてエマと会っていたのは事実だ。

「マロンとして、きみのそばにいた。俺の見ることのできないアンジェラを、マロンの目で見てきた」

「はい」

「だが、それだけでは満足できなかった。エマ・グローブスがきみにマナーを教わっていると知って、偶然彼女と話す機会があったときに、先生としてのきみの様子を聞かせてほしいと頼んだ」

「……はい？」

どうやらアンジェラにとって、この答えは想像の範囲になかったらしい。

彼女は当惑したまなざしでこちらを見つめている。

「俺のいないところで、きみがどんなふうに過ごしているのか。どんな話をして、どんなものを食べて、どんなふうに笑うのか。知りたくてたまらなかった」

好きな食べ物も、好きな色も、好きなドレスのデザインも、なんだって知りたい。

子虎のときにマロンと名付けられたため、栗が好きなのはわかっていた。

それだけでは足りない。もっともっと、もっと彼女を知りたいと願った。

ほかの誰かが知っていて、自分が知らないアンジェラがいるのが悔しかったのである。

「だけど、知れば知るほどきみを恋しく思うばかりだったよ。エマと話していて、何度彼女に嫉妬したかわからない」

「エマに嫉妬ですか？　彼女は女性ですよ」

「レナにだって嫉妬している」

彼女は当惑した様子でこちらを見つめている。

笑顔で語られる嫉妬の意味を考えているのかもしれない。

そんなもの、タイガ自身が知りたいくらいだ。

「そんな難しい顔をしないでいい。俺は、マロンにだって嫉妬するんだからな」

「えっと、マロンってタイガですよね」

「そうだよ。自分にすら嫉妬する、きみにかかわると俺は愚かになる。エマがマナーを教わるときに、アンジェラと食事をしたと言えば、献立を事細かに聞き出し、王宮の料理長に同じものを作るよう命じた」

「そ、そんなことを聞くために、エマと……？」

タイガはさも当然とばかりにうなずいた。

「アンジェラはあまり人と個人的にかかわることがなかったから、エマは俺にとってもちょうどいい相手だった。彼女は先日の舞踏会でヒュワーズ公爵といただろう？　あのふたりが恋仲だということを、俺はジェラルドから聞いて知っていたからな。互いの秘密を共有することで、弱みを握り合う」

タイガとて、周囲の誤解だけではなくエマに気があると思われては困るという認識はあった。つまり、友人でもあるヒュワーズ公爵の恋人ならば、タイガが親しげに話しかけたところで勘違いを起こす確率も低い。

もし問題になったときには、堂々とアンジェラを愛していると宣言すればいいと考えていたのだ。

そして――これだけは、アンジェラにあまり言いたくないのだが、タイガに関心を持ってくれない婚約者に、ほんの少しだけ嫉妬してほしい気持ちがあったのも事実だった。

「……では、タイガはその、ずっと……」

「ずっと、きみだけを愛していた。そしてこれからも、きみを愛しぬくつもりだ」

――きみの気持ちも、教えてくれないか？

じっとアンジェラの紫色の瞳を覗き込んで、タイガはそこに答えがないか探っている。

だが、彼女は目をそらし、恥じらいながら「ありがとう、ございます」と小さく答えただけだった。

抱いたところで、心まで手に入らない。

それでも抱きたかった。彼女がほしかった。

――俺はこの先も、いくらでも待つ。きみの心が、俺に向いてくれるまで。

ふたりの結婚式は、もう二カ月後に迫っていた。

† † †

結婚式の招待状は、すでに近隣諸国の王侯貴族にも送ったあとである。

国内の貴族や有力者、有識者も参加し、タイガとアンジェラの婚儀は近年で最高の催しとなる予定だ。

「アンジェラさま、靴のサイズはいかがでしょう。痛いところはありませんか?」

「ないわ」

「結婚式当日は、かなりの長丁場になります。我慢をして乗り切れるものではございません」

「……わかりました。ほんとうは、少しだけつま先が痛いの」

「はい。では、こちらはサイズを直してもらうよう、職人を手配します。次に、ドレスのサイズについてですが――」

前世と現世を通じて、これがアンジェラにとっても初めての結婚式となる。

――結婚式って準備が大変だとはよく聞くけれど、こんなに……⁉

下着にドレスに靴下と、ひとつひとつを確認しなければいけないため、時間も膨大にかかる。

そして、太ってても痩せてもいけないのだから、二カ月慎重に暮らさなければいけない。

侍女たちが去って、居室にアンジェラとレナだけが残された。

「アンジェラさま、お茶を淹《い》れましょうか？」

「ありがとう。ぜひお願いするわ」

お茶のしたくにレナが部屋を出ていき、長椅子に座ったアンジェラは両手で頬を挟む。

――疲れた！　だけど、わたしはタイガに愛されている！

彼がすべてを明かしてくれてから、何か面倒なことが起こるたび、アンジェラを奮起させる魔法の言葉。

それこそが『タイガに愛されている』だった。

事実、結婚式にまつわる厄介ごとは多いため、アンジェラは一日に二回はこの呪文を心で唱えている。

――エマがヒュワーズ公爵と愛し合っているのなら、わたしが断罪されるルートはないと思うんだけど……。

残された問題は、悪役令嬢アンジェラ・ディラインが処刑されるエンディングにたどり着くことなく、幸せな未来を生きていけるかどうか。

当初、この世界はエマがタイガルートにいることを想定していた。

しかし、いつの段階からか、エマはジェラルドルートを邁進《まいしん》していたのである。

ならば、タイガとアンジェラが結婚するのはおかしなことではない。

――絶対なんて絶対存在しないのはわかってる。でも、少しでも不安を取りのぞけたらって考えてしまう。

絶対に、バッドエンドを回避する方法。

そんなものがあるのなら、教えてほしい。

「……あ」

はたと、脳裏をかすめるものがあった。

このゲームのタイトルにもなっているエクリプス――『月蝕』のこと。

――どうして忘れていたのかしら。そうよ。紅月蝕《こうげっしょく》の夜に結ばれたふたりは、永遠の愛を手に入れられるんだわ！

ゲームにおけるクライマックスで、主人公は恋愛対象とともに紅月蝕を見るのだ。

折しも、タイガとアンジェラの結婚式当日が、紅月蝕の日。

ならば、このままふたりが結婚し、夜をともに過ごせば――。

「あの、アンジェラさま」

いつの間に扉を開けたのか、アイシャを筆頭に侍女たちが入り口からアンジェラの様子を伺っている。

「！　ごめんなさい。少し疲れていたみたい。ドアが開いたことに気づいていなかったの。――どうかしたのかしら」

「その……結婚式の準備をしていらっしゃる時期ですので、お耳に入れるのを迷ったのですが……」

「中に入って、話してちょうだい。そうだわ、これからレナがお茶の用意をしてくれるの。皆も一緒にいかが？」

「いえ、そういうつもりでは」

「大丈夫よ。わたしだって、ひとりで飲むよりあなたたちと一緒のほうが楽しいんですもの」

「失礼します。ワゴンを通してください」

話している最中に、レナがティーワゴンを押して戻ってくる。

「聞こえていたかしら」

「はい。すぐに人数分のカップと紅茶を準備します」

「ありがとう、レナ」

そして、第二回緊急侍女集会が開催されたのだが――。

「ですから、アンジェラさまの邪魔をしようとしている貴族がいるんです！」

「貴族だけじゃありません。侍女の中にも、結婚式を阻止しようとしている者たちが――」

──わたし、どれだけ嫌われてるの……？

侍女たちの話というのは、二カ月後に控えた結婚式を中止にさせようとする者たちの陰謀についてだった。

嫌われるのは、仕方がない。

そもそも悪役令嬢という役目を背負って、アンジェラはこの世界に生まれてきた。

それでもタイガと結婚までなんとか漕《こ》ぎ着《つ》けられそうで、ほっとしていたところだったのに。

「それで、あなたたちはどうしたいのかしら。わたしにそのことを伝えて、不安にさせたいわけではないのよね？」

彼女たちだって、最初はアンジェラのことを嫌っていたと思う。

王宮の侍従、侍女たちは皆、ここで暮らすようになったアンジェラを邪魔者扱いしていた。

その事実はアンジェラ自身が把握している。

人の悪口というものは、どんなに小さな声でも耳に入るのだ。

「わたしたち、アンジェラさまと接していて、噂とはぜんぜん違うことに気づいたんです」

「そうです。アンジェラさまは、使用人を分け隔てなく見てくれます。イジワルなんてぜんぜんなさらないし、お茶を飲ませてくださったり、お菓子を食べさせてくださったり……」

さすがに、食べ物に釣られるのは王宮の侍女としてどうだろう。

とはいえ、彼女たちが真剣にアンジェラを案じてくれているのは伝わってきていた。

人の心というものは不思議だ。

たとえうまく言葉で説明できていなくても、目を見れば心がわかる。そんなときもある。

逆に、何度愛していると言われても不安が拭えないときだって、ないとは言わない。

「では、わたしにできることは今までどおり、何ごともなく暮らしていくだけね」

アンジェラが結論を出すと、侍女たちがしんと静まり返る。

どんなに強気の発言をしていても、彼女たちだって立場をわきまえているのだ。

――それは、わたしも同じこと。

公爵令嬢として生まれたとはいえ、アンジェラは両親からの愛情も知らずに生きてきた。

ただ自分を律し、タイガの妻として周囲に認めてもらえるよう必死に振る舞ってきただけなのだ。

誰かの否定に傷つくし、誰かの悪意に涙ぐむ。

結局のところ、どうあっても自分の思いどおりに世界を変えることなんてできない。

これが、立場というものだ。

――わたしが女神にでも生まれていたら、ファディスティア王国の王太子をほしいと言う権利があったのかしら。

「あの、アンジェラさま」

「なあに、アイシャ」

「わたしたちにできることは少ないです。でも、情報を探る努力をさせてください」

まっすぐな目で、アイシャがアンジェラを見つめていた。

「……無理はしてほしくないの。危険が伴《ともな》うことだもの」

「ですが！」

そこに、ティーポットをワゴンに置いて、レナが右手を肩の高さまで挙げた。

「よろしいでしょうか」

「レナ」

「その役目は、どうぞわたしにやらせてください」

――って、どうしてレナまで乗り気なの⁉

たしかにレナは、ほかの侍女たちよりもアンジェラに対して思い入れを持ってくれているだろう。

つきあいが長いというのは、それだけ互いのことを知っているのだ。

アンジェラがタイガを愛していることだって、もしかしたら気づいているかもしれない。

「ダメよ。レナ、あなただって危険なの」

「ですが、わたしは王宮でぬくぬくと侍女をやっていただけではなく、アンチアンジェラ派閥についても調査済みです」

――え、なんで？　レナってスパイなの？

目を瞬かせるアンジェラに、長いつきあいの侍女は優しく微笑みかけてくる。

「大事なお嬢さまの幸せを願わない侍女なんていないんです。側仕えとして、わたしにできるすべてを、アンジェラさまに捧げさせてください」

「レナ……」

「ずるいです！」

「えっ⁉」

唇をとがらせたアイシャが、ふたりの会話に割って入ってきた。

「わたしたちだって、知り合ってからの時間は短くとも、みんなアンジェラさまが大好きなんです。だから、レナさんだけに任せるわけにはいきません！」

――えーと、これはどういう展開？　あの、わたしって悪役令嬢じゃないんです？

「では、皆で協力するということにしましょう。役に立つかどうかは別ですが」

「レナさん、甘く見ないでくださいよ。女の園の王宮で、侍女として生き抜くのがどれだけ大変か、あなたみたいにぬるま湯に浸《つ》かっていた人にはわからないでしょうけどね」

アンジェラをめぐって対立するレナ対アイシャたちは、どちらも悪役令嬢を守ろうとしている。

以前なら、こんな構図は想像もしなかった。

だけど、今はわかる。

自分が変われば、未来を変えることができる。

――わたしが変われたのだとしたら、それは前世を思い出したからじゃない。好きな人に好きになってもらえたから。強くなれたんだ。

「……ありがとう。皆の気持ちに応えられるよう、わたしも精いっぱいがんばるわ」

愛する人と生きる、未来のために。

アンジェラは、幸せいっぱいに微笑んだ。

† † †

そして、ついに今日という日がやってきた。

ファディスティア王国王太子タイガと、公爵令嬢アンジェラの結婚式だ。

朝から晴れ渡る空は、雲ひとつない。

祝宴に集まった諸外国からの国賓たちは、昨晩も遅くまで王宮で食事会を楽しんだと聞いている。

「アンジェラさま、お顔の色がよろしくありません。昨晩はあまり眠れなかったのでしょうか？」

侍女の言葉に、ギギギと首の関節を軋《きし》ませて、アンジェラはゆっくり振り向いた。

「ほとんど眠れなかったの。気づいたら、窓の外が明るくなっていて……」

稀代の悪女と噂されたアンジェラだって、緊張すれば眠れない夜もあるというもの。

まして、今日は気を抜いたら暗殺される可能性だってある。

――そう。侍女たちの調べてくれた罠《わな》は、ほとんど対処できているけれど……。

着替えとメイクの準備中、アンジェラは生きた心地がしなかった。

考えてみれば、結婚式の準備で忙しい間、タイガとは顔を合わせる時間もあまり取れなかった。彼はときおり、マロンの姿で寝室にやってきてくれたけれど、アンジェラが眠っているうちにベッドに入って、アンジェラが起きる前に出て行ってしまう。

結婚したら、ふたりの時間をもっと確保できるのだろうか。

――それはともかく、まずは今日の結婚式を無事に乗り切らなくちゃ。

着替えを終え、髪の毛を瀟洒《しょうしゃ》に結い上げてもらったころ、アンジェラの部屋の扉がノックされる。

「アンジェラ、俺だ」

「タイガ！」

そこに姿を現したのは、久々に昼の光の中で見る婚約者――あと数時間で夫となる人だ。

金色の王太子は、純白の婚礼衣装に身を包んでいる。

彼の髪と瞳の色をあしらった、タイガのためだけの衣装である。

「ああ、アンジェラ。なんて美しいんだ」

自身こそ、この世のものとは思えない美貌の持ち主でありながら、タイガは興奮をこらえた声で婚約者を称賛してくる。

――でも、結婚式の前に花嫁を見に来るっていいのかしら。

「ありがとうございます。タイガ、今日はどうぞよろしくお願いしますね」

「もちろんだ。何があろうと、きみを娶《めと》る。俺はそう心に誓って生きてきた」

彼の言葉が本心であることは、もう疑いようがない。

そうでなければ、十四年間もマロンとしてアンジェラに寄り添ってはいなかった。

「ところで、俺は先に会場へ行き、王室の儀式を行う予定なのだが……」

「ええ、存じています」

今日まで、結婚式のリハーサルを十回行った。

ある意味で、当日の感動が薄れてしまいそうな回数である。

「もしきみが不安なら、儀式会場へ連れて行くことも考えている」

――え？　なんで？

王室の儀式については、現時点でアンジェラが王族ではないため、詳細は知らない。

結婚式の直前に行われるものなので、同行できるものではないと説明を受けていたはずだ。

「いけません！」

突如響いたのは、タイガの侍従の声である。

「殿下、それは困ります。そもそも、式の前に花嫁のもとを訪れるのは禁止だとお伝えしたではありませんか」

侍従の渋い顔も当然だ。

彼は美しく、魅惑的で、優秀な王子であり、建国の祖とされる太陽神に酷似した、誰からも尊敬される王太子だ。

ただし、ところにより自分の欲望を優先しすぎるきらいがあった。
――そのあたりは、わたしが今後がんばってサポートしていくことにするとして。
「タイガ、わたしは結婚式でお会いできるのを楽しみにしています」
アンジェラは、小首をかしげて愛しい人を見上げる。
「……きみがそう言うのなら」
ほんとうに、どうしようもないほど彼はアンジェラを愛してくれていた。
――この性格で、よく十四年もの間我慢してくれていたと言うしかないわ。
長い婚約期間を経て、今日、ふたりは夫婦になる。
あと数時間後を、無事に迎えていれば――。
アンジェラは気づいていなかった。
嫌な予感というのは、当たってしまうものだ。
どんな幸福も薄氷《はくひょう》の上に成り立っている。
ゲームでなくとも、それは同じなのだということを、アンジェラは失念していた。

† † †

居室のバルコニーで、アンジェラは王族一行が王宮をあとにするのを見送る。

王族たちによる儀式は、タイガ以外の王族たちも皆が同行するしきたりになっていた。

つまり、国王陛下も王宮を空けているということだ。

――もともと広い王宮だけど、なんだかいつもより静かな気がする。きっと気のせいだけど。

王宮内には、必然的に王家の血を引く者がいなくなる。

高貴な身分の人間が移動するときには、身分が高ければ高いほどたくさんの侍従、侍女を連れて歩く。

普段王宮に住んでいない王族たちの分まで、騎士が出払っているのだから王宮が閑散としているのは事実だった。

「アンジェラさま、今のうちに少しお休みになってはいかがですか？」

レナの声に、アンジェラは慌てて首を横に振る。

「ダメよ。そんなことをしたら、ドレスや髪が……」

たしかに昨晩はほとんど眠れなかった。

だからといって、侍女たちの努力によって作り上げられた自分を乱すわけにはいかない。

「ご安心ください。とてもやわらかなクッションを殿下から預かっています。こちらを使えば、着衣や髪を乱すことなく休むことができるそうです」

――タイガったら、どこまでお見通しなの？

今日この日を迎えるにあたり、アンジェラがどれほど幸福を感じているか、彼にはわかっているのかもしれない。

恥ずかしいような、くすぐったいような気持ちで、胸が温かくなった。

「ありがとう。では、せっかくのタイガの好意ですもの。使わせてもらおうかしら」

「はい。ソファで使用されるのがよろしいそうです」

「準備をしてくれる?」

「かしこまりました」

ドレスの膨らみをつぶさないように設計された、女性のためのひとり掛け椅子に腰を下ろし、甲斐《かい》
甲斐《がい》しく動いてくれるレナを見つめた。

レナは、王宮にやってきてからディライン家のことを何も言わない。

アンジェラを心配して来てくれたというのは間違いないけれど、聡明な侍女はアンジェラが両親のもとへ帰るよりここにいるほうが幸せだと考えてくれている。

幸福のほうへ、背中を押してくれる優しい手。

もちろん侍女という立場をわきまえて、レナはいつだってアンジェラを大切にしてくれるのだ。

――わたしは、ほんとうに幸せ者ね。タイガがいてくれる。レナも、エマも、王宮の侍女たちも……。

すべての人にわかってもらいたいだなんて、恐れ多いことは考えない。

悪役令嬢スタートで、ハッピーエンドを迎えられるならそれだけでもうじゅうぶんだ。

「クッションの用意ができました。こちらに――」

レナが声をかけてくれたのと同時に、居室の扉がノックされる。

「どなたでしょう。このタイミングでいらっしゃるだなんて」

訝しげに眉根を寄せ、レナが扉を半分ほど開けた。

結婚式当日の花嫁を訪ねる者は多くない。

まして、約束もなしにやってくるのだからレナの警戒も当然だろう。

「あなたたち、何を……ッ⁉」

──どうしたの？　レナ？

入り口に立つレナの背中越しに、人影がいくつも見えた。

不穏な気配に、アンジェラは無言で椅子から立ち上がる。

しかし、この部屋にあるのは、レナの立つ廊下への扉か寝室への扉のみだ。

裾の広がったドレスでは、衣装部屋に逃げ込むのも困難だろう。

「きゃあ！」

「レナ！」

いつも姿勢正しいレナが、尻もちをつく。

慌てて駆け寄ると、廊下に立っていたのがモップや箒《ほうき》を手にした異様な侍女たちだと気づいた。

彼女たちが恐ろしく見えるのは、掃除道具を手にしているからではない。

誰もが顔を隠す仮面をつけているのである。

こんな格好で部屋を訪れたからには、悪いたくらみをしているのは火を見るよりも明らかだ。

「アンジェラさま、わたしのことは気にせず逃げてください」

「で、でも……」

「早く、お願いです」

——ここから、どう逃げればいいって言うの？　逃げ道なんてない……！

だが、実際に逃げ道があったとしてもレナを置いていけるだろうか。

「逃がしはしない」

侍女たちの背後には、やはり掃除用具を手にした侍従たちが立ち並んでいる。

専門的な武器ではない長物を手にしているあたりは、まだ人の心が感じられるけれど、彼ら彼女らは間違いなくアンチアンジェラの貴族の配下だ。

「逃げるとは言っていません。それよりも、多勢で侍女ひとりに暴力を振るったことを恥じなさい！」

ふつふつと怒りが立ち上ってくる。

誰もがそれぞれの正義を持つ。その権利がある。

彼らにとっては雇用主の思想が正義なのかもしれない。

もしくは、使用人たちがアンジェラを王太子妃と認めないのかもしれない。

だからといって、アンジェラではなくレナを突き飛ばしたことは許されないのだ。

「では、アンジェラ・ディラインさま、こちらへ。暴れるようなら拘束します」

リーダー格と思《おぼ》しき長身の男性が、モップの柄を床にドンと振り下ろす。

「その前に、レナを立ち上がらせて怪我がないか確認してくださらないと」

「口の減らない悪女め」

「そちらの皆さんこそ、仮面ひとつで身分を隠せるだなんて本気で思っているとしたらずいぶん愚かしくてよ？　髪型、髪色、身長、体格……。ここにいるあなたたちのことを、わたしはしっかりと覚えておきます。わたしの侍女に暴力を振るったことを決して許しません」

膝が、震えていた。

ドレスのスカートが豪奢《ごうしゃ》だから気づかれずに済む。

きっと彼らは、アンジェラが怯えているとは思わない。それでいい。

悪女だと思う人にとって、何を言っても何をしても、アンジェラ・ディラインは悪女なのだ。

「結婚式の邪魔をしたところで、わたしが殿下の婚約者であることが覆るとお思いなのかしら。それに、もし縁談がなくなったとしても、ディライン家の娘に対して無礼をはたらいたことは変わりません」

――まあ、王族相手に喧嘩《けんか》を売らなかったのは良いことだと思う。

そしてディライン家の両親が、アンジェラを拐われても感情的な意味でダメージを受けることはないのだろう。

ディライン家から王太子妃が出る。

その事実が失われて嘆くかもしれないが、アンジェラという娘への愛情を彼らはきっと持ち合わせていない。

気丈に振る舞うアンジェラに、侍女のひとりが叫んだ。

「あなたのせいで、エマさまがタイガ殿下と結ばれないんでしょう⁉　ほんとうに意地の悪い人！」

「そうよ！　こんな悪女と結婚なんてしたら、タイガ殿下がおかわいそうだわ！」

どうすればよかったのだろう。

悪役令嬢の声なんて届かないと思っていた。

あきらめず、誰からも愛される令嬢になる努力をすべきだったのか。

それを怠ったから、アンジェラは使用人たちから捕らえられる。

──タイガ、ごめんなさい。

「アンジェラさま……」

立ち上がったレナが、そっと寄り添おうとしてくれるが、仮面の侍女がその腕をつかんだ。

「では、悪女どの。こちらへ」

レナと引き離されたアンジェラは、居室から連れ出されて両脇から仮面の侍女ふたりに囲まれる。

「おとなしくしていてくれれば、数時間で解放しますよ。結婚式さえ終わればいいのです。あなたは結婚式に出られなくても破談にならないと踏んでいるようですが、実際はどうでしょうね」

横に別の侍従が並び、くっくっと笑う。

「言ってやればいい」

「おい」

「このお嬢さまは正しければ負けないと思っているんだろう？　現実はそうじゃない。たとえ噂だろうと皆の知るところになればそれが事実として扱われるんだ。殿下がエマ・グローブスを好きだと思いこんでいる一派だって同じだからな」

「………」

噂が事実にすり替えられる。

それについては、アンジェラ自身が同様の事態に巻き込まれて悪女扱いされているから、わからなくもない。

「つまり誰かにとっての正義をなすために、あなたたちはわたしを誘拐するというのね」

「まあ、そういうことになります。あなたからすれば愚かしく思うかもしれませんが、私たちにとっては信ずる道があるのです」

結果として、この誘拐から今逃れる方法はない。

彼らの主義思想や事情はわからないものの、おとなしくしているよりないということだけがアンジェラにも理解できた。

——どこへ連れていかれるのか。それによって、自力での脱出は可能なのかしら……。

前後左右を仮面の男女に囲まれたまま、アンジェラは王宮の階段を下へ下へと降りていった——。

連れて行かれたのは、鍾乳洞《しょうにゅうどう》を利用して作られたらしい地下道だ。

「数時間、ね。その間に結婚式の時刻は過ぎて、わたしは王家に泥を塗る。そういうシナリオなんだろうけど……」

アンジェラは、自分で自分の体を抱きしめ、ぶるっと身震いした。

ここに来てから、そろそろ一時間は過ぎたような気がする。

時計がないため、正確な時間は不明だ。

あくまで、アンジェラの感覚で一時間程度。

体は芯まで冷えて、先程から指先の感覚がなくなっている。

レナは、どうしているだろうか。

どこかで縛られているかもしれない。

あるいは、アンジェラのように幽閉されて――。

レナだけではなく、アイシャたちだって突如姿を消したアンジェラを探して、王宮内を走り回っている可能性がある。

多くの人に迷惑をかけて、自分は何をしているのだろうか。

「もっと、根回しをしておくべきだったわ」

王宮の一部の侍女たちは、実際にアンジェラの味方になってくれた。

舞踏会や社交サロンで会った令嬢たちの中にも、アンジェラを王太子妃として応援してくれる者がいた。

だが、そもそものスタートが悪役令嬢のアンジェラである。

目に見えない敵も多かったに違いない。

――レナたちがんばってくれていたのに、結局こんなことになってしまうなんてね……。

大好きな人と結婚式を挙げる。

夢見ていたことであり、どこかで夢でしかないと思っていたことなのかもしれない。

この世界で前世を思い出したときから、アンジェラは恋愛成就ではなく生き延びることを目指した。

それこそが、答えだった。

きっとこの恋は叶わないと、いつだって諦めていた。

――すっぱい葡萄《ぶどう》、かな。

手の届かない、高いところに実る葡萄はタイガだ。

諦めるほうが簡単だから、アンジェラはいつだって自分の心を殺そうとしていたのである。

けれど、それは自分の心だけではなくタイガの心に背く行為だった。

彼の愛情を知って、幸せな未来をともにつかもうと決めたのに。

「……わたしは、どうしたいの？」

問いかけた声が、天井に響く。

彼と幸せになりたい。彼に笑っていてほしい。彼と未来を生きていきたい。

――多くの国賓を招いておいて、花嫁が行方不明となれば、のちにのこのこ出ていったところでわたしに対する責任追及は免れない。

けれど、この地下道への入り口は固く閉ざされて、アンジェラの両腕ではどうにもできそうになかった。

横道のようなものがいくつか見受けられるが、どれも人間が通れるとは思えない細い通路だ。

「諦めたく、ないな……」

汚れたドレスも、擦りむいた手も、ヒールの折れてしまった靴も。

今の自分は、魔法のとけたシンデレラ。

それでもまだ、王子さまとの結婚を夢見ている。

「諦めたくないの、タイガ。わたしは、あなたのことを――」

両手で顔を覆って、アンジェラは天を仰いだ。

仰いだ先に、空はない。

地下道の暗い天井には、何も見えなかった。

「俺のことを、どう思っているのか聞かせてくれるんだな」

突然、いるはずのない人の声がした。

両手を顔からはずし、アンジェラは左右を見回す。

完全な闇ではなく、目が慣れて少しは周囲が見えるようになっていた。

「タイガ……っ⁉」

「ここだ」

ぐいと抱き寄せてくる腕は、よく知る彼の力強さを思い出させてくれる。

婚礼衣装が、ぐっしょりと濡れていた。

「タイガ、どうして……」

「マロンの姿で、細い通路を抜けてきた。地下に下りる扉は、王宮側の取っ手を壊されていたからな」

地下道へ下りるための扉は、ひどく重そうな石扉だった。

あの石扉から取っ手をはずされてしまっては、開けることは不可能だ。

同じ理由で、地下道側から石扉を持ち上げることもできずにいたのである。

――たしかに、マロンなら細い通路を抜けてこられただろうけど……。

だからといって、彼が自らアンジェラを探しにこなくとも済んだはずだ。

「怪しげな動きをしている侍従たちがいると、きみの侍女が報告に来てくれた」

「え、誰が……？」

レナを放置していたのだとしたら、彼らは少々愚かすぎる。

「アイシャと言ったか」

「アイシャが！」

では、レナの無事はまだ確認できていないということだ。

――わたしが拐われるところを見ていたから、レナはきっと……。

「儀式を終えて、こちらに戻る途中だった。アイシャが、監禁されたレナを発見し、きみが連れて行かれたと教えてくれたんだ。ずいぶんと有能な侍女だな」

「……そう、そうですね。彼女たちのおかげで、わたしはこうしてタイガと再会できました」

レナも、アイシャも、そのほかの侍女たちも。

――彼女たちのおかげで、タイガが助けにきてくれたんだ。

のちほど出してくれると言われていたものの、アンジェラの証言があれば彼らも無事ではいられまい。

おとなしくしていれば出してやると言われても、生きて出られる保証などどこにもなかった。

このままここで、誰にも見つけられることなく命尽きていた未来だってあってもおかしくなかったのだ。

それなのに、タイガは来てくれた。

「ほかにも、王宮侍女たちが数名で、きみの居場所を探してくれた。首謀者らしき人物を特定し、居場所を吐かせたのも侍女たちだ」

――みんなが……！

感謝の気持ちと同時に、熱い涙が込み上げてくる。

ギリギリのところで泣くのをこらえて、アンジェラはタイガを見上げた。

「でも、アイシャはどうして儀式会場を知っていたんでしょう？」

王族しか知らないはずの会場だ。

侍女たちの間では、知られていたのか？

「ああ。それなら、エマが馬車で連れてきたんだ」

「エマ？　なぜ彼女が？」

突然のエマの名前に、アンジェラは目を瞬く。

そして、エマとて王族ではないのになぜ彼女は知っていたのだろう。

「さあな。エマは、このあと姿を消すと言っていた。もしも自分を王太子妃にと考える者たちがいて、アンジェラの代わりにまつりあげるつもりだとしたら、いないほうがいいだろう、と」

「そう、ですか……」

疑問は解消されないままだが、こうして助けてもらったのだ。

それがエマという犠牲の上に成り立っていることにアンジェラは息苦しくなる。

ゲームの正ヒロインであるエマには、幸福な恋が用意されていたのに。

——皆から大事にされるエマが、どうして……。

恋する相手と結ばれたい。

その気持ちは、エマもアンジェラも同じだったろう。

そしてアンジェラはタイガに恋をし、エマはジェラルドを選んだ。

だからこそ、タイガの妃にされそうな事態から逃げ出したのか。

彼女の未来を傷つけてしまった。

アンジェラの心の痛みを懸念したように、タイガが優しく背中を撫でる。

「エマについては心配しなくていい。ジェラルドがついている」

「ほんとう、ですか？」

「ほんとうだよ。それよりも、俺のことは心配してくれないのか？　大切な花嫁を拐《さら》われた、哀れな王子を」

ぎゅっとしがみついたタイガの心臓が、いつもより大きく音を立てている。

強く優しく、俯瞰《ふかん》の視点を持つ彼が、こんなにも焦っていたのだと思い知らされる。

愛する人を、不安にさせてしまった。

冷静に話しているように見えても、タイガはもっとも苦しんでいたに違いない。

「ごめんなさい。わたし、タイガのことを……」

「二度と俺から離さない。アンジェラ、きみに危害を及ぼそうとした者たちには厳罰を与える」

「……」

しばし抱き合って、アンジェラの体がゆっくりと温まってくる。

地下道の寒さだけではなく、不安が手足を凍りつかせていたのだ。

彼がそばにいてくれる安心感で、心も体も熱を取り戻した。

「それにしても、ここからどうやって出ましょうね……」

悩ましい気持ちで話しかけると、タイガが小さく笑う。

その笑い声が、地下道に響いた。

「俺がなんの手立てもなく、ここまで来ると思うか？」

「えっ」

そもそも、地下道へ来るのだって突発的事態だったはずである。

準備できぬまま駆けつけてくれたとばかり思っていたが、帰り道の問題もすでに解決済みだというのだろうか。

「きみとふたりなら、どこだろうと幸福だ。ここに永久にふたりきり、閉じ込められるのも悪くはない。ただ、こんな寒い場所ではアンジェラのドレスを脱がせるのもかわいそうだろう？」

冗談なのか本気なのかわからない甘やかな声音で、タイガがささやく。

「なっ、なんの話ですか!?」

慌てたアンジェラのひたいに、キスがひとつ落とされた。

「まあ、こんなことを言っているとこの国の王太子として失格だときみに叱られそうだ」

「そ、それは、その……」

けれど、ほんの一瞬。

アンジェラも想像してしまった。

彼とふたりきりの世界で、永遠に寄り添っている。そんな姿を。

ほかに誰もいらないなんて、本気で思っているわけではない。

この国のために尽力する方法を、王太子の婚約者として長年学んできた。

王国の民たちへの愛情もあるし、身近な侍女や友人への想いもある。

——でも、たったひとり。誰かを選べと言われたら、やはりわたしはタイガを選んでしまうの。あなたとなら、ふたりきりでも生きていける……。

「心配はいらない」

優しく微笑んだ彼が、アンジェラの紫色の瞳を覗き込んできた。

「今、上では地下通路への扉を開けるため、石を砕いている最中だ。そう待たずに、外へ出られる。怖かったら、俺に抱きついていればいい」

「タイガ、でも……」

ドレスは汚れてしまった。

彼の衣装もびしょびしょだ。

こんな格好で姿を見せれば、彼の面子を潰すのは確実だろう。

「俺は、諦めない」

ぎゅう、と強く抱きしめるタイガの腕が、かすかに震えている。

「俺は決してきみを諦めはしない。もしも許されないというのなら、王太子という肩書を捨てよう。それでも足りないのなら、名も捨てる。太陽神に似た姿のままで出ていくことができないなら、この両目を捨てよう」

「タイガ、何を……」

「何もいらない。ただ、アンジェラ――きみだけはどうしても、諦められない。だから俺の妻になってくれ」

地下道の薄暗い中で、彼が懇願する。

さっきまでのふざけて笑っていたタイガはもういない。

彼はただ、真摯に誠実に愛を乞うているのだ。

誓いの言葉も指輪もなかった。

それでも、これはふたりにとって――。

――完璧な結婚式だわ。だって、愛情が心に届く。こんなに切実に、この人はわたしを想ってくれている……。

「喜んで、お受けします」

「アンジェラ……」

「だって、わたしもずっと、あなたのことを――」

心から、すべてを彼に捧げたい。

もう言葉は必要なかった。

どちらからともなく唇が引き寄せられ、ふたりの唇が重なる、ほんの一秒前。

ドカーン、ドゴーン！

何か重いものが落ちてくるような音がした。

「な、何……っ⁉」

キスをおあずけに、アンジェラは頭上を見上げる。

すると、パラパラとこまかな石のかけらが降ってきた。

それに続いて、男たちの声がする。

「開いたぞ！」

「おい、気をつけろ。殿下が中にいらっしゃるんだぞ」

「タイガ殿下、どちらにいらっしゃいますか⁉」

騒々しい声に、先ほどの音が石扉を破った際の音だったと気づく。

タイガがここからふたりで抜け出すために、準備してくれた帰り道が完成したのだろう。

「よかったですね、タイガ。これで地下道から脱出できます」

愛しい人に微笑みかけると、なぜか彼は神妙な面持ちで眉根を寄せていた。

何か問題があったのだろうか。

アンジェラにはわからない、何かが――。

「……アンジェラ、頼む」

「はい？」

彼は悲壮感すら漂わせて、アンジェラの両肩をつかんだ。

「お願いだから、先ほどの続きを急いで聞かせてくれ」

太陽神の生まれ変わりと言われるほどの、美しく優れた王太子。

いつだって余裕があって、アンジェラを愛するためにあえて距離を置くことを選んだ彼が、視野の広い賢明なタイガが、心から求めるたったひとつの言葉。

――タイガ、わたしはあなたのことを……」

「アンジェラ……？」

けれど、アンジェラはにっこりと笑いかけるのみに留《とど》める。

「ええ、続きは結婚式で申し上げます」

「アンジェラ！」

「だって、タイガはずーっとわたしを騙してきたじゃないですか。このくらい、待ってください！」

「……っっ、ああ、待つさ。きみが言うのなら、いくらでも待とう。だが、覚悟してくれ。俺を焦らしたらどうなるか」

――無事、結婚式ができると信じよう。わたしは、ひとりじゃない。タイガとふたりきりでもなく、これから先は王国の民たちとともに歩んでいくのだもの。

悪役令嬢の汚名は、もう返上しよう。

その方法については、アンジェラにもひとつだけ案があった。

それは——。

† † †

「タイガ殿下、アンジェラ妃殿下、ご成婚おめでとうございます！」

さて、地下道から救出されたふたりはというと、定刻直前に着替えを終えて、無事結婚式を挙げることができた。

残念なのは、功労者のひとりであるエマ・グローブスがヒュワーズ公爵とともに雲隠れしていたため、式典に参加できなかったことである。

——でもきっとエマなら、またひょいと戻ってきてくれると信じてる。また、会えるって信じたい。

彼女は、不思議な人だ。

無邪気でありながら、何もかもを知っているようにも思えるし、いつだってアンジェラの背中を押してくれていた。

あれこそが、ヒロイン力なのだろうか——。

もっとエマと心を開いて話していればよかった。

そうしたら、ここまで事態がこじれる前に解決できたこともあっただろう。

ゲームヒロインであるエマに近づく危険を忌避していたのは、アンジェラのほうだ。

彼女はいつだって、アンジェラに好意的だったのに。

ふう、と小さくため息をつくと、タイガが耳元に唇を寄せた。

「アンジェラ、皆が手を振ってもらえるのを待っている」

「え、あ、はい」

「疲れているのに無理をさせて悪い」

王宮のバルコニーに姿を見せたふたりは、集まった国民たちの歓声に包まれている。

喝采を受けて、一面の祝福を目の当たりにしたアンジェラは、自分が悪役令嬢という立場に甘えていたことを知る。

たしかに長い長い、十四年間だった。

今日この日を迎えることができたのは、たくさんの人たちの協力があったからだと心から感謝している。

タイガの誕生日の宴まで、前世のことを知らなかったのだから——というのは、言い訳でしかない。

悪役令嬢アンジェラは、ほんとうの意味での悪役ではなかった。

王太子に強く強く恋い焦がれ、彼にふさわしくあろうと努力した結果、タイガ以外の人たちの心を気遣う余裕が足りなかったのだ。

それを愚直というのは簡単だけれど、王太子妃になろうとしているのならば、もっとたくさんの人と話すべきだった。

政治よりも経済よりも、大切なのは人の心なのだと学ぶ必要があったと、今ならわかる。

——皆が祝福してくれている。あなたたちのために、わたしはこれからがんばるわ。大好きな人と結婚できたんですもの。こんな奇跡があるのなら、努力すればきっとなんだってできるはず。

レナは縄で縛られて手足に擦り傷ができていたけれど、それ以外の被害はなかったという。

多くの人たちに支えられて、今の自分がここにいる。

そのことは、決して忘れてはいけないのだ。

「……でも、いちばんはタイガのおかげですね」

結婚指輪をつけた左手を振って、アンジェラは微笑を浮かべたまま、隣に立つタイガに話しかける。

歓声の中でも、これだけ近い距離にいれば声は届く。

——あなたのおかげで、わたしはこんなに幸せです。

タイガはかすかに眉を引き上げると、いつもなんでもお見通しの彼にしては珍しく、戸惑いながら口を開いた。

「何が、俺のおかげなんだ。虎になって迎えに行ったことか?」

「それもそうですが、あなたがずっとわたしを愛してくれていたおかげで、ここまで来られたと思ったんです」

「ならば、思い続けた甲斐もある」

「はい。これからも末永くお願いいたします」

今回のアンジェラ監禁事件にかかわった者たちは、これから罪状を追求されることになる。

タイガは決して、犯人たちを許さないだろう。

彼らには彼らの言い分がある。

しかし、王太子の婚約者に対してあれだけの行為をはたらいては、無事に済まないことをアンジェラも知っている。

ところで、と彼がこちらに視線を向けた。

「俺はまだ、きみの気持ちを聞いていないんだが？」

――ああ、そうだったわ。いつまでも焦らすものではないし、伝えたいけれど……。

「ふふ、タイガったら。ふたりきりになってからでなくて、いいのですか？」

「…………」

無言になった王太子が、しばしの黙考ののち、アンジェラの腰を強く抱き寄せた。

「タイ――んぅッ!?」

重なる唇と、いっそう高まる観衆の声。

――いきなり、キス!?

「俺を焦らしたからには、あとでたっぷり愛される覚悟をしておけよ？」

耳元で聞こえた甘い声に、アンジェラは頬を真っ赤にしてうなずいた。

† † †

窓の外の夜空で、赤い月が欠けていく。

紅月蝕が始まっていた。

「っっ……、ぁ、あっ……、タイガ……！」

今夜からは、今までの寝室と異なる場所でふたりは愛を交わす。

新婚の王族のためだけにあつらえられた、特別な部屋だ。

室内の調度品はタイガとふたりで選んだもの。

その中でも、アンジェラが特に気に入ったのがこのベッドだ。

初夜、新郎は仰向けになり、アンジェラの腰を両手でつかんでいる。

恥ずかしい格好だと思いながら、彼が望むのならばとアンジェラも必死で腰を揺らした。

奥深く咥え込むと、亀頭が内臓にめり込んでくる。

引き抜かれるときに、張り出した傘状の部分が媚蜜を掻《か》き出《だ》し、ふたりの間で飛沫を散らす。

寝室には、ふたりの香りが充満している。

甘く濃密な夜の中で、肌と肌が熱を持って何度も打ち付けられた。

「もっと腰を振って。俺をいくらでも、奪ってくれ」

「そんな、んっ……、だって、タイガが……」

──さっきから、ずっと突き上げてくるから……！

何度達しても、愛情に果てはない。

次第にどこからが自分で、どこからが彼なのかもわからなくなっていく。

ずぷずぷと体を押し開く雄槍が、根元まで穿たれる。

「んぅぅ……ッ」

──また、イッちゃう……！

「中が俺をほしがっているのがわかる。出ていかないでと、すがりついてくる……ッ」

「ぁ、あっ、だって……」

自分が、タイガのかたちになっていく。

一ミリの隙間もなく彼と密着したら、心のすべてを伝えることができるのだろうか。

そうなりたい気持ちと、そうなってはもったいないと思う気持ちが、アンジェラを快楽の波で揺らしている。

心のすべてを知ってほしいけれど、自分の口で伝えたいのだ。

「ずっと、ずっとタイガのこと……」

「俺もだ。何度抱いても足りないくらいに、きみを求めていた」

「ぁあ、あ、ッ……」

――奥に、届いてる……。

彼の愛が深く体の内側を貫き、アンジェラの快感を煽る。

これ以上は、もう入らない。

そう思った次のひと突きで、タイガはさらに奥へと楔を突き刺す。

彼を締めつける蜜口がひくひくと痙攣してなお、新郎は抽挿をやめなかった。

「ダメ、ダメぇ……ッ。そこ、もう突かないで……！」

「こんなに感じてくれているのに？」

「だって、ぁ、もぉ、イッちゃう……！」

「何度でも達してくれ。きみの感じている声を、俺の心に染み込ませて……。俺も、もう……ッ」

ひときわ大きく、タイガが息を吸った。

それは、彼が果てに向かって助走をつける合図だ。

「！　あ、待っ……、ん、くっ……大っ……きいの、ムリぃ……」

「駄目だよ、アンジェラ。俺を全部呑《の》み込《こ》むんだ」

かすれた声が、切羽詰まった快楽を伝えてくる。

隘路を埋める劣情が、はちきれんほどに張り詰めて脈を打っていた。

「キスしながら、きみの中に出させてくれ」

「ふぁ、ぁ、キス……」

タイガにキスされながら突き上げられると、何も考えられなくなってしまう。

唇が、こんなに快感を増幅させると教えてくれたのは彼だ。

ふたつの唇が重なると同時に、タイガは舌を絡ませてきた。

「ん、んんっ……」

「愛してる、アンジェラ」

ずぐん、と切っ先を最奥でねじり込むように彼が腰を回した。

「やっ……ぁ、あ、壊れちゃう、そんな……」

「大事にする。壊したりするものか」

「んんっ……」

「キスしていると、きみの中がいっそう俺に吸い付いてくる。ああ、奥に、出したい。出す、俺の、俺だけの女になってくれ、アンジェラ……！」

——イク、もうムリ、イクっ……！

粘膜に引き絞られたタイガの雄槍が、先端をビクビクと震わせた。

次の瞬間、アンジェラは体の奥深い部分で白濁の遂情を感じながら達していた。

吐精の最中も、タイガは腰の動きを止めない。

まるで、自身の出したものをアンジェラの中に塗り込むようにして、彼は最後の一滴を吐き出すまで腰を振り続ける。

――すごい、たくさん……。

内腿にあふれた精液の感触に、耳の奥がキーンと耳鳴りしていた。

「アンジェラ、もう一度聞かせて。俺のことを……？」

つながったまま、タイガが目を覗き込んでくる。

「す、き……っ。タイガのことが、好きです……」

「ああ、俺もだ。愛している」

どくん、と彼のものがたった今生まれたと言いたげに、新たな脈を打った。

「え……？　タイガ、あの……どうして……」

「なぜ、また勃っているんだろうな。きみを愛するのが足りないと、太陽神が言っているのかもしれない」

「う、嘘、だって今、たくさん出したばかりなのに」

「それでも、もうきみがほしくなる。アンジェラ、どれだけ抱いても足りない。俺たちの十四年を取り戻すために、きみをもっと食べさせてくれるだろう？」

「……っ……」

「何度でも、何十回、何百回、来世までもきみを抱いていたい――」

そして。

彼は宣言どおりにアンジェラを愛し尽くす。

これこそが誓いであり、約束であり、彼の愛し方なのだと教え込むように。


紅月蝕の夜に結ばれたふたりは、永遠の愛を手に入れる。

それは『紅き夜のエクリプス』の中の——そして、アンジェラが生きるこの世界の伝説だ。

「タイガ、もっと……」

「もっと、俺がほしい？」

彼の言葉に、アンジェラが大きくうなずく。

ここが、わたしの生きる世界。

今ではもう、ゲームの結末なんて気にならない。

「タイガが、ずっとほしかったの。いつだって、あなたのことしか見えてなかった」

「アンジェラ……」

「だから、いっぱい愛して。いっぱい、あなたを愛させて……」

彼に出会うまでの五年間と、彼と婚約していた十四年間。

ひとりぼっちの悪役令嬢アンジェラ・ディラインはもういない。

今、ここにいるのは愛を知った幸福な王太子妃のアンジェラなのだから。

「永遠に、きみを愛している」

「わたしも……」

「だけど今夜は、まだ長い。アンジェラがもうやめてと言っても、やめてあげられそうにないが、いいんだな？」

大きな手が、アンジェラの頬を撫でた。

黒髪が、彼の指に絡まる。

「全部、あなたのものですもの。わたしたち、夫婦になったんでしょう？」

「そのとおりだ。俺の愛しい妃……。ああ、月が――」

赤い月の輪郭だけが残る。

それはまるで、赤い糸で作った円環のようだった。

終わりのない運命を見上げて、アンジェラは愛しい人を感じている。

この恋が、愛に変わる瞬間を、感じていた――。

† † †

「まあ、それじゃあアンジェラさまはわたしを信じていてくださったんですね！」

アンジェラが王太子妃となって二年が過ぎた。

あの結婚式から行方をくらませていたエマ・グローブスは、髪の色を変えて王宮を訪れている。

彼女もまた、今ではジェラルドの妻だ。

ふたりはファディスティア王国を離れ、隣国で新しい人生を生きている。

「だって、エマはずっとわたしの味方だと言ってくれていたでしょう？　あなたが、あんな企《たくら》みをするとはとても思えなかったもの」

結婚式のあと、タイガはアンジェラ誘拐監禁犯たちに厳しい処罰を下した。

それは、実行犯だけではない。

王宮に侍従や侍女を送り込み、自分たちの意のままに動かしていた貴族も同様だ。

さらに、本来ならば王太子妃の生家としてより大きな権力を得るはずだったディライン家にも処罰が及んだのである。

アンジェラにじゅうぶんな愛情を与えなかった両親を、タイガは許さなかった。

それどころか、タイガに嫌われているという噂をうのみにして、ほかの娘をタイガの次なる婚約者として検討していたという。

グローブス家に、エマを養女にもらいたいと手紙を送っていたというから厚顔にもほどがある。

父は突然辺境の地を復興するよう言い渡され、母と弟とともに華やかな王都を去った。

直前、タイガは両親に会いたいかと尋ねてくれた。

アンジェラは、もう父にも母にも期待はしていなかったので、丁寧に断りの言葉を選んだ。

もしもいつか和解できる日が来るとしても、それは今ではない。そう思った。

「それどころかわたしはずっと後悔していたの。もっとあなたに対して素直に話をすべきだったのではないかしら。わたしたちが――いえ、わたしが心を開くことでもっとわたしたちは親しくなれたかもしれないわ。そうしたら、あんな事件だって起こらなかったのに……」

「嬉しい……！　わたし、アンジェラさまに疑われているかもしれないと思って、ずっとファディスティアに戻るのを躊躇していたんです」

はちみつ色だったエマの髪は、アンジェラと同じ黒になっている。

染めているにしては、とても自然な色味だ。

「あのころのわたしは、自分に自信がなかったの。誰かに好かれるような人間ではないと自分を卑下して、同時に自分を大切にしてくれる人たちの期待を裏切っていたでしょう？　エマ、あなたはそんなわたしに手を差し伸べてくれた」

「そんな大げさなことではありません。わたしは、アンジェラさまのことが大好きだったんです」

今では、アンジェラを王太子妃にふさわしくないと言う者はいない。

アンジェラを敵視していた貴族たちが王都から消えたからではなく、慈善活動に積極的で、子どもの育成のために基金を立ち上げたことを評価されている。

――勉強してきたことは、ひとつも無駄にならなかったわ。だけど、まだまだ知らないこともある。

あの子と出会って初めて知ったことも……。

「アンジェラ、エマ」

中庭の四阿でお茶を飲むふたりに、遠くから呼びかける声がする。

アンジェラは立ち上がると、大きく手を振った。

「あーうー」

タイガの腕には、一歳になる息子のライドが抱かれている。

父親と同じ金色の髪をした、愛らしい子だ。

「あの子が、ライド殿下ですね？　ああ、かわいらしい。ぜひ、抱っこさせてください！」

「ええ、もちろん。エマには、あの子の後見人になっていただきたいの」

「わ、わたしが後見人……ですか？」

「あなたほど信用できる人はいないと、タイガと話し合って決めたの。だから、ジェラルドと一緒に、国に帰ってきてくださらない？」

ライドを抱いたタイガが、四阿までやってくる。

母親を見つけたライドは嬉しそうに小さな手をこちらに伸ばしてきた。

「あーう、あーう」

「ライド、お父さまに抱っこしてもらってきたのね。さあ、こちらはお母さまの大切なお友だちのエマよ。はじめまして、ライドです」

「うーうー」

「なんて愛らしいのかしら……！　ライド殿下、お初にお目にかかります。エマと申します。これからどうぞよろしくお願いいたしますね」

昨年生まれたライドには、アイシャが筆頭侍女として着いてくれている。

レナはなんと、侍女長候補として王宮で正式に雇用された。

「久しぶりだな、エマ」

「ご無沙汰しております。アンジェラさまが相変わらずお美しくいらっしゃるので、おふたりが幸せにお過ごしなのはすぐにわかりました。殿下、よろしゅうございましたね」

いつだって、どこにだって、バッドエンドの種は転がっている。

どんな芽吹き方をするかわからないのは、今も変わらない。

けれど、アンジェラには悪役令嬢の汚名を返上する最高の方法がわかっていた。

それは、王太子タイガの世継ぎを産み、大切に慈しんで育てること。

「俺ほど幸福な王太子も、そうはいないだろう」

「まあ、聞きましたか、ライド殿下。お父さまはとってもお幸せなんですって」

おどけたエマの声に、一歳の王子がきゃっきゃと笑い声をあげる。

この国で、この王宮で。

アンジェラは、これからも生きていく。

愛する夫と、いとしい息子、信頼できる侍女たちと、大切な友人に囲まれて。

「タイガ、ありがとうございます」

「なんの話だ?」

「わたしを、幸せな王太子妃にしてくださったことです」

「俺の幸せも、きみがくれたものだ。つまり、俺たちは幸福な王太子夫妻ということでいいんじゃないか?」

紅月蝕の夜に結ばれたふたりは、この国の伝説に残るおしどり夫婦となった。

それはきっと、百年後の未来にも語り継がれる、幸せな恋のお話――。

あとがき

こんにちは、麻生ミカリです。

ガブリエラブックスでは七冊目となる『バッドエンド秒読みの悪役令嬢なので婚約破棄で逃げ切ろうとしたら、私を嫌いなはずの王太子が溺愛してきました！』を手にとっていただき、ありがとうございます。

わたしは、何を考えているかわからない男性キャラが大好きです。今回、タイガは物語が始まった段階ではわりとわかりやすい人物ですが、アンジェラの記憶の中の十四年間はひたすら冷たくてそっけなくて、ぜんぜん愛してくれない婚約者でした。そんな彼が、実はアンジェラのことを好きで好きでたまらない、と。そういうキャラクター造形をこよなく愛しています！

さて、せっかくタイガのことを書きましたので、今作のヒーローについてもう少し語らせていただきますね。

タイガさん、最初は別の名前でした。当初は虎に変身できる設定がなかったのです。でも、せっかくのゲーム世界だし、これまでずーっと冷たかった婚約者（でも実はアンジェラが好き！）という状況だし、絶対ひそかにアンジェラのこと見守ってたよね、と考えた結果、もふもふの子虎になっていただきました。

特に、今回はイラストが逆月酒乱先生ということでしたので、これはもう絶対、なんとしても、酒乱先生からもふもふ子虎タイガを描いてもらいたい、と。きっと、この気持ちを読者の皆さんにも共有していただけると思います。そうだ、わたしたちは酒乱先生の獣が好きだ！

すみません、少々取り乱しました。

つまり、様々な理由によって王太子は子虎に変身できることになり、だったらいっそ名前も虎っぽくしよ！　ということで、ヒーローの名前はタイガになりました。

ヒーローばかりではあれなので、主人公アンジェラについてもお話させてください。アンジェラは、転生者です。前世のことはあまり出てきませんが、それなりに地味でそれなりに不幸で、そこそこ孤独な人生を生きていたと思います。大好きだったゲームの世界に転生したと思ったら、いきなりデッドエンド目前です。死を回避しようとするのも当然ですよね。

ところでゲームの悪役キャラクターって、都合よく悪役として動いていますが、彼らにはやはり彼らの目的や意思、気持ち、考えがあると思うのです。悪役令嬢ものを読んでいると、そういう部分をクローズアップする作品も多々あって、いつか自分でも書きたいなと思っていました。

つまり、アンジェラ・ディラインというもともとの悪役令嬢も、実は一途にタイガ殿下を思っていたかもしれないなーと。

前世を思い出したことで、自分が周囲からどう見られるかを理解したアンジェラですが、もとのアンジェラももしかしたら悪女扱いされていることは感じていたかもしれません。それでも自分の信念を貫き、悪役令嬢として処罰を受けたのだとしたら、それもなかなか立派なキャラクターですね。

でも、せっかく転生したからには、転生アンジェラにはみんなと仲良くなって、幸せな人生を送ってもらいたい。そこで、彼女には少しずつ味方が増えていきます。

さて、ここでゲームの本来の主人公であるエマが代表格なのですが、彼女もまた転生者なんですね。本編をお読みの方にはおわかりでしょうが、アンジェラはその事実を知りません。

アンジェラが転生者であることをタイガに伝えるか。そして、エマが転生者であることをアンジェラに伝えるか。彼女たちは、もとの世界に戻る選択肢を持ち得ません。この世界で、この国の愛する人と生きていく。ならば、あえて明かすことはせず、強く生きていってもらいたいという結末です。

楽しんでいただけたら嬉しいです。


今作のイラストをご担当くださった、逆月酒乱先生。

以前にもガブリエラブックスでご一緒させていただきました。お仕事のたびに、ほんとうにすばらしいキャラクターを生み出してくださる酒乱先生に、心より感謝しています。タイガのキャラは酒乱先生あってのものです。いつもステキなイラストをありがとうございます。また次回、どうぞよろしくお願いいいたします！

最後になりましたが、この本を読んでくださったあなたに最大級の感謝を込めて。

今年一作目の小説となります。同時に、単独名義での九十四冊目の作品です。長く書かせていただけるのは、読者の皆さまがいてくださるから。こうしてまた新作をお届けできて光栄です。

今年、一〇〇冊いけるかなー。いけたらいいな。

どこかでお見かけいただいたときには、またお手にとってもらえますように。

それではまた、どこかでお会いできる日を願って。

初空月、慌ただしくも充実した一日の終わりに　麻生ミカリガブリエラブックスをお買い上げいただきありがとうございます。
麻生ミカリ先生・逆月酒乱先生へのファンレターはこちらへお送りください。

〒110-0016　東京都台東区台東4-27-5（株）メディアソフト
ガブリエラブックス編集部気付　麻生ミカリ先生／逆月酒乱先生　宛

gabriella books

MGB-108
バッドエンド秒読みの悪役令嬢なので婚約破棄で逃げ切ろうとしたら、私を嫌いなはずの王太子が溺愛してきました!

2024年3月15日　第1刷発行

著　者　麻生《あそう》ミカリ
装　画　逆月酒乱《さかづきしゅらん》
発行人　日向晶
発　行　株式会社メディアソフト
〒110-0016
東京都台東区台東4-27-5
TEL：03-5688-7559　FAX：03-5688-3512
https://www.media-soft.biz/
発　売　株式会社三交社
〒110-0015
東京都台東区東上野1-7-15
ヒューリック東上野一丁目ビル３階
TEL：03-5826-4424　FAX：03-5826-4425
https://www.sanko-sha.com/
印　刷　中央精版印刷株式会社
フォーマットデザイン　小石川ふに（deconeco）
装　丁　吉野知栄（CoCo. Design）

ISBN 978-4-8155-4334-1